FLORET
READING

小花阅读

我们只写有爱的故事

青春阅读　幸得相见

小花阅读【暖暖爱】系列02

他曾暖过一季春风

子非鱼 著

百花洲文艺出版社
BAIHUAZHOU LITERATURE AND ART PRESS

子非鱼 | 小花阅读签约作者

一个用尽全力堪堪抓住 90 后尾巴的小姐姐
灵魂写手，每天沉迷故事无法自拔
喜欢万物复苏的春天，期待生活在四季春意盎然的昆明

个人作品：《请别忘记我》

作者前言

这有一封情书送给你

八月中旬的时候买了两盆绿植，一盆是发财树，一盆是绿萝。送来的路上多有颠簸，但它们也挺了过来，所以我打开包装盒，里面还是绿油油的。

养了差不多一个星期，发财树开始发黄落叶，我怀疑这预示着我发不了财（摊手）。但是绿萝却长得很好，叶片碧绿还长了新芽。

我早上把发财树放到了太阳能照射到的小阳台，中午再把它接回来，希望这样它能回光返照一下。

开始构思这个故事的时候，还是暑假期间，那时我端着我姐的电脑绞尽脑汁想了很久，总觉得有点悲情。

我给我姐说男主和男配的名字分别是顾余川和顾余白，我姐问我为什么男主不叫顾余白，明明顾余白更好听。我说顾余白名字一听就觉得很文艺，很适合得病啊什么的，所以他挂了（吐舌头）。

……

目录
Contents

我喜欢你，从出生到现在
还有将来

TACENGNUANGUO

YIJI

CHUNFENG

楔子

XIEZI

程念回过神来，坐在主席位上的男生已经淡然起立。

九月仍旧灼热的阳光照在他脸上，将他笼罩在光影里，金色的、茸茸的，让人看不清他脸部的轮廓。

耳畔传来他低沉却又带着某种诱惑力的声音，时间仿佛回到最初。

程念定定地站着，目光凝聚在某个地方，像是在看那个点，却又像是透过那个点在回忆过去。

热风轻柔，拂过额角及脸颊的汗珠——

红旗在半空飘扬，顾余白朗声而念：“志坚者，功名之柱也。登山不以艰险而止，则必臻乎峻岭。”

哥哥顾余白温柔谦逊，即使坐着也坐得端端正正的；弟弟顾余川……性格桀骜不驯，坐姿也懒散得跟“葛优躺”似的。

程念拎着书包，冲他们招招手：“要迟到了，赶紧走！”

程念今年读高二，顾家兄弟比她大一届，念高三。因为是上下楼的关系，程念从小跟他们俩一起长大，关系也特别好。

顾余白帮她理了理衣领：“走吧，去取自行车。”

顾余川“嘁”了一声，从沙发上拎起书包带子就往外走，每天拽得二五八万一样：“就程念那技术，坐着我都怕她摔下去。”

程念耳朵尖，就算顾余川走到了电梯口，她还是捕捉到了顾余川鄙视自己的声音，她反驳道：“你别得意！”

顾余白无奈地笑了笑，伸手摁了一楼的按钮。

红光一暗。

程念给自行车开了锁，像是证明一样坐上去，用脚支地，得意地冲顾余川扬眉。

“连脚撑都没打开，也好意思……”

三人赶在铃响的前一分钟进校门，程念锁了自己的车朝着教学楼狂奔，在一片朗朗读书声中落座。

今天要背诵柳永的《望海湖》，程念还没准备。她向来是翻开语文书就犯困，看到古诗词和文言文就更困。所以下午一到，语文老师要求全班背诵时，程念一直都在周遭同学背书的声浪里蒙混过关。

斜阳照进教室一角，泛着暖黄色光的垃圾桶竟然圣洁得不可思议。

程念现在能把垃圾桶夸出一朵花来。

戒尺在讲桌上猛地一敲，吓得程念几乎跳起来。

“程念，你到底有没有听我说话？”

“听听听！”程念举手投降。

语文老师姓李，啥都好，就是为人太刻板。说一是一，一点折都打不了。

“这是我周一布置的任务，现在都周三了，你还不能背出来？”李老师把语文书还给她，自己进了办公室，“能背了再来办公室找我。”

程念拿了书打算睡一觉，听见外面的脚步声由远及近时又打开书装作很认真地读着。

“怎么了这是？”顾余川走进教室，盯着教室里留下的唯一一个人看。

“顾余川？怎么是你啊？”程念忍不住呼了口气，又把书扔开，她探头往窗外瞄，“余白哥呢？”

“去取车了。你这是……被留堂了？”顾余川环顾四周，空着的座位连凳子都已经垒在了桌面上。

程念把书翻开，给他指了指。

顾余川把书包一放："要不……"

程念这一次进办公室底气十足。

李老师把眼镜取了下来，她背对着程念捏了捏眉心："开始吧。"

"东南形胜，三吴都会，钱塘自古繁华。"程念撑死了也就能背出这一句，静默半晌，程念背着手偷偷在玻璃窗上敲了敲。

顾余川，你倒是快出来！程念急得要死。

"还有呢？"李老师猝然回过头来，吓得程念呼吸一滞。顾余川刚打算举书的动作立刻收回，直到程念又敲了敲。

顾余川把书翻开，蹲在窗外，样子有点儿滑稽。

"嗯……烟柳画桥，风帘翠幕，参差十万人家。"

程念时不时偷瞥几眼，念得磕磕绊绊。好在李老师大概知道程念的水平，她要是能流利地背出来那才是见鬼。

"……重湖叠巘清嘉，有三秋桂子，十里荷花。羌管弄晴，菱歌泛夜，嬉嬉……"

程念眯起眼睛去看，也没认出是个什么字。

"嬉嬉……"

"你老是嘻嘻什么？"李老师背对着她，手里在改作业，头也没回地问。

“嬉嬉钓叟莲娃！”

程念从办公室里出来，不自觉地吐出一口浊气。她回到教室，顾余川已经坐在她的课桌上看风景了。

“顾余川，谢了啊！”

程念收拾好东西，跟顾余川一起走出去。天际已经覆着一层紫色云霞，偶有归来的南燕叽喳着掠过。高年级教学楼显得很安静，笼罩在一片暗色当中。

顾余川稍微回头，看到程念上扬的嘴角，不自觉地也跟着扬起一抹笑。

顾余白已经在校门口等了好一会儿了，背影没在残阳的余晖下，程念隔着稀疏的人群喊了一声：“余白哥！”

她脚步加快，越过前面的几个人走了过去，把顾余川甩在身后。

“等久了吧？都怪李老师，非要抓着我们背课文。”程念还在碎碎念。顾余川黑着一张脸跟上来，从顾余白身边推走一辆自行车，自己骑着先走了。

“顾余川？”程念冲着他的背影喊。

顾余川没应，他扭了一下车头，程念只看到他越发冷峻的侧脸。

他经过一个拐角迅速转弯，快得连背影都看不见了。

“后来呢？”顾余白把她的书包放在车篓，等程念骑稳了才松手。

“后来顾余川举着书给我看，好险，差点被发现。”程念骑得来劲儿了，开始加速。

青城镇的巷弄不少，四通八达的，自行车在里面穿梭，清脆的“丁零”声交织着响起，一下子贯彻了整条安静的小巷。

周五晚上的时候，程念家来了客人。程念的爸妈都是工资不低的银行职员，一有空闲就会招呼同事到家里聚餐。

程念从家里溜出来跑到楼上，拖着顾余白和顾余川去吃大排档。晚上街边的小吃摊数不胜数，抬眼望去都能把人眼睛看花。

在火锅和撸串之间，程念选择了后者。

程念吃得欢，不顾丝毫形象。顾余白轻声笑着，伸出手替程念擦了擦嘴角。辣椒末残留在指肚上，光是闻着就让人感觉到辛辣。

顾余川看着，莫名心塞。他低着头，努力忽略眼前这一幕刺眼的画面，将手里的烤串一根根消灭掉。

程念终于发现了顾余川的不对劲，给他递过去一串烤好的鸡翅问：“顾余川，你怎么不说话？”

顾余川接过来，埋头就啃。

高二的数学书上有一个名词，叫渐近线。

两条线无论如何横亘亿万万光年，或是不可兆计时光，从两个点开始，他们披星戴月排山倒海地在接近彼此。

浪漫的数学老师像是在讲故事一样，让程念记住了这一节课。

顾余白从楼上下来，校服外套挂在臂弯里，只穿着白色短袖，格外引人注目。他一路经过热闹的走廊和楼梯间，最后在程念面前停下。

“余白哥，你知道渐近线吗？”程念一面走一面问。

“学过，怎么了？”顾余白微微不解，眉头拧起的时候，问话也一并而出。

程念下楼梯的时候转头跟他解释，顾余白下意识地拉住她的手臂。走在前头的顾余川听不懂他们的谈话内容，人群簇拥着，他渐渐地拉开了和他们的距离。

顾余川和顾余白不是一个班，下课时间也不一样，所以经常是在校门口等对方。顾余川的外套被他甩在肩膀上，走路的气势像个痞子。程念看了眼顾余白，又看了眼顾余川，时常怀疑他们亲兄弟的身份。事实不能否认，他们的确是亲兄弟，而且顾余川只比顾余白晚一分钟从娘胎里爬出来。

顾余川一头扎进自己的房间就开始东翻西倒，他记得渐近线是高二学的东西。他高二的书都堆在床边的角落里，一直没人动过。

顾余白拿着水果经过他的房间时，看见他房门大开，惊愕地问道："余川，你在干什么？"

顾余川忙得连回头都顾不上，他总算在已经布了层灰的书堆里发现了数学课本。

渐近线……

当曲线上一点 M 沿曲线无限远离原点时，如果 M 到一条直线的距离无限接近于零，那么这条直线称为这条曲线的渐近线。

这都什么跟什么！

顾余川把数学书重新丢回书堆里，他从抽屉里摸出一部手机，在百度上搜到了一个比较可靠的答案——

两条线无论如何横亘亿万万光年，或是不可兆计时光，从两个点开始，他们披星戴月排山倒海地在接近彼此。

那么，程念的意思是……她和顾余白就是那两条线吗？

顾余川躺在床上，微信界面还开着，程念的头像从来不会出现在首页。他抱着手机，到了后半夜都没有入眠。

轮到程念做值日的这天，刚好是下雨天。春季的雨不大，柔和而潮湿。后窗外面肥硕的绿色叶子因为被浇灌后变得更加翠绿，椭圆形的叶子上安静地躺着一颗雨珠，晶莹圆润，很是好看。

顾余白和顾余川过来的时候，她已经快要打扫完卫生了。

程念站在讲台上，偷偷地瞄着顾余白执着粉笔的手，白皙纤长又骨节分明。程念顺着他的手指往上，猝然对上顾余白含笑的眸。

程念脸有些发烫，她心虚地到处乱瞥，就听见带着温软的声音从头顶落下来："害羞了？"

"谁害羞了……"程念死鸭子嘴硬，把他手里的粉笔抢了过来，就是不敢再看顾余白的眼睛，"谁让你来写字的？"

顾余川在室外擦玻璃，最后一部分快要擦完的时候，透过玻璃看到程念在擦黑板。程念身高不够，即使踮着脚还是够不到上面的部分。顾余白伸手，自然而然地拿过程念手里的黑板擦帮她擦剩下的部分，这个动作却把程念整个人都护在了怀里。

"擦黑板就擦黑板，搂搂抱抱像什么！"顾余川狠狠地鄙视了一把顾余白和程念，可是视线却怎么也离不开他们的身影。

他擦玻璃的手加大了力度，抹布和玻璃摩擦着发出了"咯吱咯吱"的响声。

让你擦，让你擦……

不就是擦黑板吗？谁还不会是的？

顾余川一边擦玻璃一边盯着讲台上的两个人，用劲更大了。半晌，他终于收回手，那一块玻璃已经被擦得透亮。

顾余川心里有气，将抹布捏成团，一把砸进水桶里。他拎着书包，直接往楼下走。

“顾余川呢？”程念疑惑地盯着窗外。

晚上，程念跟着自家妈妈在小区楼下散步，小区里有一个小花园，每天这个点儿都会聚集不少中年女人。聊天的、下棋的，音乐一放，立马就能整齐地排好队，程妈妈徐紫安也是其中一位。

程念坐在凳子上，远远看见对面走出来一个人。身形颀长，背光而来。

顾余川！

程念跑过去，近看，果然是顾余川。

她在女生中不算矮，但是搭着顾余川的肩膀，还是需要费点力，仰头才能看清顾余川的表情。

“你这就不够意思了啊……搞卫生怎么能自己跑了呢？”

顾余川看程念手臂搭得费力，膝盖稍微弯曲，和程念保持在一个高度才勉强让程念手臂好受一点。

“我明天……有一场篮球赛，你要去看吗？”顾余川不知道自己这句话，带了多少希冀。

程念沉默了一会儿，差点让顾余川的心情跌入谷底："放学后？"

"是中午，吃完午饭，在体育场。"顾余川听见自己屏息凝神时放大几倍的心跳的声音。

"没问题，不过你能打赢吗？"程念盯着顾余川有些紧绷的脸，突然发觉自己好像说错了话。

果然，顾余川好看的脸又是一黑，但他难得没有生气，只是略加别扭地说："你等着看我怎么赢吧。"

"对了，你出来了，那余白哥呢？"

"就不能不提他吗？"顾余川低声嘟囔。

"你说什么？风太大我没听清。"程念掏了掏耳朵，眉头还蹙着。

"没什么，他在家。"

顾余川那场篮球赛只是他们班的男生组织的，但是围观的人却不少，尤其是一些女生，狂热地喊着："顾余川，加油！"

程念从来不知道顾余川的魅力有这么大，她拉着顾余白在人群里穿梭，顺便给自己耳朵里塞上两团卫生纸。激烈的尖叫声把程念和顾余白淹没在里面，好久好久都出不来。

顾余川盯着人群，眉头紧紧拧着，视线在一片接着一片的喧嚣声中来回搜寻。

“余川，要开始了……余川？”顾余川身边的人伸手在顾余川眼前挥了挥，“怎么了你？跟丢了魂儿似的。”

顾余川心里憋着气，被拉回去的时候一步三回头。他同学不放心地叮嘱：“你稳着点啊，输了可就对不起你那些迷妹了！”

比赛快要开始的前几秒，程念终于从人堆里“脱颖而出”，挤到了第一排。顾余川总是往旁边瞥几眼，看到人来，立即就舒展了眉头。他刚想给程念打声招呼，程念就已经把顾余白拉到了自己身边。顾余川的动作顿住，双手好似重若千斤，垂在两侧怎么也抬不起来。

程念兴奋地冲顾余川挥手，顾余川很想回应一下，但是他看到顾余白正细心地将程念因为拥挤而散落下来的碎发捋到耳后，打招呼的心思瞬间息了。

“嘟——”

哨声响，比赛开始。

顾余川被迫拉回视线，让目光定在那个跳跃的篮球上。可他在奔跑途中目光仍无法控制地投向第一排的那两人，投篮时人群中呐喊声迭起。

“余白哥，原来顾余川真的会打篮球啊！”程念赞叹着，只能用鼓掌来表达自己的震撼。

“他虽然不经常打，但技术是真的不错，小时候还有人邀请他加入篮球队。”顾余白嘴角勾起一抹柔和的弧度，语调轻柔，总好像在撩着程念的心一样。

尽管汗液已经浸湿了顾余白整个后背和脸颊，他却丝毫不受影响，只是一味地给她递着纸巾。

顾余川感觉到自己胸膛里藏着一团火。恍神间，有人从他手里把球抢了过去，然后投进了篮筐。

最终对方以3 ： 2的成绩，赢了这场比赛。

程念等到慢吞吞换衣服出来的顾余川时，整个体育场都已经空了。角落里的空调散发着冷气，总算给这个地方带来了一点凉意。

“那什么……”程念盯着顾余川明显阴沉不少的脸，抓耳挠腮了好一阵才憋出几个字，“下次还有机会的，你也别太伤心……”

顾余白拍了拍顾余川的肩膀，什么也没说，只是给了他一个“加油”的眼神。

顾余川现在不太想说话，尤其不想跟他们俩说话。他接过程念手里的矿泉水，随手一拧灌了几大口。汗水合着矿泉水从优美的脖颈处流下去，引得旁边等候的几个小女生一阵骚动。

一路上谁也没再说话。程念耳边萦绕着学校中午广播的音乐声，不知道谁把每天循环的《义勇军进行曲》换成了周杰伦的《七里香》。悠扬的旋律在半空盘旋，程念仿佛从音乐中听到了电线杆上多嘴麻雀的声音。

程念走进教室，室内嘈杂依旧。有的同学拿着书苦读，也有嬉戏打闹的，在教室里教室外进进出出。

程念往窗外张望，却意外地对上顾余川的视线。她仿佛像是坠进一方墨潭，黑暗无边。

情人节，也是情侣之间的固定节日。

程念从床上翻了个身，伸长手臂把台灯旁的日历拿过来，二月十四号。

她爸妈一大早就去过节了，整个家里只剩下她一只单身狗。

程念低叹一声，把日历放回去。房间里遮着窗帘，阴暗不明，她起身把窗帘拉开，阳光瞬间倾泻进来。

微信提示音响了一声，程念又坐回去，把闲置了一周的手机打开。

——念念，情人节快乐。

备注是：余白哥。

程念顿时精神了，她抱着手机敲字，一个字一个字，格外认真。

——余白哥，你也快乐。

很快那边又来了回复。

——出去玩吗?

尽管顾余白就住在楼上，程念还是激动得满床打滚。余白哥……是在约她吗？情人节约她，难道余白哥也是喜欢她的?

程念喜欢顾余白，从小时候到现在，还要到将来。

程念上小学时迷上看言情小说，有许多题材都是写青梅竹马恋情的。程念那时才猛然惊觉，她也有一个呀，就是余白哥。余白哥也有一个，就是她。这样一想，程念总是会开心得睡不着觉。

微信又接连响了好几下，程念这才从回忆里抽身。

——不去吗?

——听说檀山上的观音寺每到这个时候就会很热闹。

程念将屏幕从上往下滑动，信息还来不及看完，手机便在手里剧烈地振动着。程念退出对话框，在列表第一列出现了顾余川的名字。

程念微微纳罕，点进去他的信息栏，十几个振动提示刷下来，怪不得手机颤得厉害。

——顾余川，有事说事，别老振动!

回复她的又是一串更猛烈的振动消息。程念发觉顾余川不仅桀骜不驯，性格还很恶劣!

——去玩吗？我同学叫我去聚会。

顾余川紧盯着微信界面，生怕自己错过了程念的信息。那边很快有回复，顾余川点开，气得差点摔手机。

——不去。我跟余白哥约好了要去玩的，你自己去吧。

顾余川看着这一条信息久久回不过神，他干脆关掉对话框，眼不见为净。手机攥了一会儿，被他丢在床上。他整个人陷进被子里好久，才转过身大口呼吸。

顾余白出门时敲了敲顾余川的房门。

“余川，早餐在桌上记得吃，我先出去了。”

顾余川闷闷地应了一声，听着门外脚步声远去，才鲤鱼打挺一样从床上弹起来。他用了这辈子都没用过的速度换好衣服狂奔出去，经过客厅时还顺便捞了一块吐司。

雨后的天空格外蓝，清早的淅沥小雨早已经停歇，阳光把地面晒干，空气中到处弥漫着一股清新的味道。

顾余白和程念从山脚往上走，路上行人很多，大多是年轻的情侣，也有几对已近迟暮的夫妇互相搀扶。

檀山上总是弥散着一股若有似无的檀香，香火气能从山顶飘到山脚。程念深吸几口气，只感觉到沁人心脾的舒适感。上山的石板路掩藏在树林里，还带有雨后湿润的痕迹。上面长着些许青苔，踩上去滑滑的。

程念小跳着过去，顾余白跟在后面无奈地笑："你小心点。"

"不就是口头表达一下关心吗？谁不会呢！"顾余川离他们不远，一边走一边鄙夷。

"念念，你小心点儿……咦……"顾余川学着顾余白的口气，胳膊上忍不住起了层鸡皮疙瘩。但他鄙视归鄙视，鄙视完了依旧还是悄悄地跟了上去。

程念指着一棵长相奇特的树惊奇不已，顾余白就给她讲这是一棵什么树，为什么会比较奇怪……顾余川听着，翻了个白眼，他往嘴里塞了一块吐司，因为没有水，差点噎死。

"连棵树都不认识，程念你是智障吗？"顾余川看了眼那棵树，更加无语，"不就是一棵悬铃木？还是被修剪过的……"

顾余川在一路念叨着"程念是智障"中，终于爬到了山顶。

观音寺里聚集了不少人，顾余川左看右看，才把人锁定，跟着他们到了一条长廊，长廊上方布满奇形怪状的树枝，树枝上挂满了铃铛，铃铛里垂着一块棕色的木牌用来刻字。

顾余川看到顾余白和程念走到旁边的桌上向人要了两个铃铛。

"余白哥，你不许偷看！"程念护着自己的铃铛走远了一些。

"好。"顾余白眼神里满是宠溺，他温和地笑着，比周围风景还要迷人。

程念刻好字，才和顾余白一起挂上去。

程念边挂边在心里许愿，菩萨啊，你如果能看的见，请一定要实现我的愿望。

等人一走，顾余川才敢上前，他抬头看着那两个铃铛上的字。

凉风穿林而来，带着春季应有的气息，叮当作响的铜铃随风转动，将那两行字送到了顾余川的眼前。

——程念，想就这样和你走一生一世。

——顾余白，想就这样跟你走一生一世。

顾余川把自己刻好的铃铛挂在程念铃铛的左侧，离她的铃铛更近一些。风还在吹，悦耳的铃铛声声声不绝。

——程念，我还是会等你的。

程念在晚饭时间收到了一束玫瑰花。

徐紫安看了一眼上面的卡片，没写什么肉麻的情话，只有简单的三个字“致程念”，于是笑着打趣她：“没想到现在这群小年轻还挺有想法的。”

程念把玫瑰收起来，她看着那三个字出神。会是谁呢？拥有这样俊秀字迹的人，恐怕只有余白哥了吧？

程念抿着唇笑起来，她把花插进花瓶，放在了阳台上。

——余白哥，我买了两张电影票，一起去看吗?

她拿起手机给顾余白发微信，又怕他会拒绝，她又赶紧加了一句“今天要是不看就要过期了”。

程念很快收到了回复，掩饰不住欣喜。她向徐紫安申请外出，借口出去散步逃过了徐紫安的法眼。

顾余白像是为了程念特意出来的，他身上还带着一股沐浴露的清香，头发尖儿濡湿着泛着水光。

程念一开始在网上买票时很纠结，最后还是上网搜索评论才选定一部口碑比较好的《情书》。取了票，程念转过身，就发现顾余白端了两杯爆米花站在她身后。

这是一部催人泪下的电影，至少程念感动得不行。散场后，程念忍不住发了一条朋友圈。

顾余川送完花几个小时后，还在忐忑着，他坐立难安，心跳加快，始终无法静下心来。

程念会不会喜欢玫瑰花?

顾余川好不容易稳住自己，他开始刷手机，刷着刷着，他就刷出了程念的朋友圈。他突然想到两个小时前顾余白说要出去散步，原来不是去散步。

顾余川买了《情书》午夜场的票，半夜偷偷溜出去直奔电影院。

不就是看电影吗？顾余川拿着电影票等开场，来来回回地盯着程念的动态瞧，他倒要看看这部电影到底有什么好看的，虽然名字是很吸引人。

顾余川顶着已经看瞎的双眼溜回房间，明明很想睡，却偏偏睡不着。脑海里反反复复地出现电影里的场景，过了一会儿，竟然直接臆想出了程念和顾余白看电影的场景。

程念约顾余白看这部电影的寓意是什么？

电影名字叫《情书》，难道程念是想借这个名字，隐晦地向顾余白表白？那么，他们是在一起了吗？

顾余川细思极恐，他从床上坐起来，烦闷地揉乱了自己的头发。啊啊啊啊！他都在想些什么？

在床上翻来覆去睡不着觉的顾余川彻底失眠了。

第二天，顾余川顶着黑眼圈整个人都恹恹的，程念上午来他家玩儿，看到他的模样忍不住惊呼出声：“顾余川，你不会是打了一晚上游戏吧？”

顾余川有气无力地反驳：“我没有！”

顾余白从厨房端了一盘切好的水果过来，又进去泡了杯牛奶，递给顾余川：“先喝点牛奶，一会儿再去睡一觉。”

顾余川掀了掀眼皮，不睡，他现在恨不得时时刻刻守在程念身边。

程念给玫瑰花换水的时候，听见门铃响了一下。

“余川你怎么来了？来找念念吧，她在阳台。”徐紫安顺手指指阳台的方向。

顾余川抬眼望去，下一瞬便看到程念手里抓着的那捧花。

他极力压制住嘴角上扬的弧度，听见自己明显轻快的声音在说：“阿姨，我只是来借一下螺丝刀。”

“哦，你等等，我去给你找找。”徐紫安说完自己去了仓库。

顾余川往阳台走过去，看到程念小心翼翼地将玫瑰花的坏叶摘掉，忍不住心跳加速，她还是喜欢自己送的东西的。

顾余川这么想着，心里已经雀跃起来了，但他脸上还是一副云淡风轻的样子：“这束花挺漂亮的。”

“我也觉得很漂亮，余白哥送的呢！”程念眼睛里闪着晶莹的光，晃得像是窗外徜徉在夜空里的星星。

顾余川整个人僵了一下，嘴角的笑容渐渐凝固。他声音干涩地说：“是吗……”

程念还没发觉顾余川的异样，她自顾自地把玫瑰花一枝一枝修剪干净："既然是余白哥送的，自然得好好保护着。"

"要是别人送的呢？"

"啊？"程念回头，疑惑地看着他，"你说什么？"

顾余川沉默，转身就走，他的手已经握成拳，紧紧地捏着，力度大到指关节都已经开始泛白。

"哎？"徐紫安从仓库里拿了螺丝刀出来，"余川人呢？"

"走了啊。"程念把花打理好，从阳台回来，伸手在桌上的盘子里捏了一颗葡萄塞进嘴里含混不清地说，"不知道为什么就生气了。"

Chapter 2

你不要喜欢他

作为一个位于南方的小镇，桃红李白迎春黄，随处可见。

程念的教室外就长着一棵梨树，被朦胧的雨幕笼罩着，落了一地梨花。

程念没带伞，好在外面雨也不大，清清凉凉的。她去图书馆找顾余白，顾余白最近总是泡在图书馆。高考将至，他们在一起的时间也更加少了一些。

程念赶到图书馆，顾余白正好收拾东西往外走。他看着程念全身潮湿，忍不住蹙着淡色的长眉。

“下雨了就不要过来了。”顾余白手上拿着书，他把书放在一边，用纸巾给程念擦干头发上的水。

“我没事，一点水而已。”程念胡乱在脸上抹了一把，她悄悄地朝着顾余白靠近，几乎到了肩并肩的程度，能清晰地感觉到对方身上的温度。

顾余白侧头敛眉看她，不到他下巴高度的女孩，嘴唇咧着，露出几颗洁白的牙齿，可爱得一塌糊涂。

“这么等下去也不是办法，我们直接跑去公交车站吧？”顾余白看了眼手表上的时间，已经接近八点了。

程念还没回答，兜里的手机响了一下。因为最近总是下雨，程家父母担心程念的安全，就让程念随身带着手机了。她打开微信界面，是顾余川发来的信息。

——在哪儿？这么晚还没回来，要我去接吗？

程念手指飞快地敲出一行字，然后发送过去。

——不用了，我跟余白哥在一起，一会儿就回来了。

程念发完，把手机塞进衣兜，朝顾余白笑着说：“好啊，我还没淋雨挤过公交车呢！”

顾余白宠溺地揉了揉程念潮湿柔软的头发：“淋雨可不是件好事。”

顾余白把外套脱下来，他揽着程念，两人用外套遮着脑袋，从图书馆的台阶上跑下去。

“哎，同学，还走不走啊？”司机扭过头，盯着心神恍惚的顾余川问。

顾余川把手机关了，微微闭了眼睛。他特意打了车过来，程念却宁愿和顾余白淋雨，他感觉到一股酸涩从心底蔓延至全身。

“走吧。”

明明都没带伞，明明可以接受他的……

顾余川再睁眼，计程车刚好从公交车站经过。隔着一面灰色的玻璃，顾余川看到程念脸上带着的浅浅笑意。

到家后，顾余川独自在楼下逗留了好一会儿，才等到了程念和顾余白。他刚想走出来，程念就拉着顾余白的手跑进了电梯。

脚步滞留在原地，凉风一吹，他竟然打了个寒战。

程念摸遍所有的口袋也没找到自己的饭卡，她忍不住拍了一下自己的脑袋，估计是去图书馆找余白哥的路上掉了。

她在昨天走的那条路上来回找了一圈儿都没找到饭卡，那里头还有几百块的余额，要是丢了它回家得被爸妈骂死。

程念回来的路上远远地看见顾余川被他的班主任训，估计事态严重，老师气得脖子都涨红了。可顾余川还是一副唯我独尊的样子，面露不耐。

程念走近了一些，才听清楚老师说的话：“你说你，虽然成绩好也不能说不来上课就不来上课啊，我带过这么多学生，没一个比你还狂的！”

顾余川似乎发现了她，眸光微闪，态度立马好了起来：“我知道错了，是我不对，老师您再给我一次机会，我会好好改正的。”

“这次就放过你。”班主任到底舍不得罚他，口头警告几句就走了。

顾余川走到程念身边：“你怎么来了？”

“你犯什么事了？”程念疑惑不解地问他。

“昨天晚上翘了一节自习课。”顾余川带着她往食堂走。

“你翘课干什么？”

“接一个人。”虽然没有接到。

“那你也得请假啊，余白哥去图书馆都请假了，你去接人……”程念的话还没说完，倏地被顾余川一根手指堵住了。

“不说这个了，你吃饭了吗？”顾余川眼睛微眯，眼尾挑起一个好看的弧度。

“我的饭卡丢了，回去要被我妈骂死。”程念一下就蔫了，脑补了一段晚上可能遇到的恐怖画面瑟缩了几下。

“这样吧，我有一个办法，可以让你既能吃饭又不会挨骂。”顾余川盯着程念的眼睛，果然从里面看到了惊喜。

“我可以帮你刷，但你每天中午必须得在教室里等着我下来找你。”顾余川扬了扬手里的饭卡，一份酱醋鱼就出现在了盘子里。

顾余川摩挲着程念的那张饭卡，清除掉上面沾着的污渍。灯光有些暗，程念的照片也很模糊。他看得久了，眼睛也变得酸涩。

他把卡藏进自己书包的最里层，然后熄灯睡觉。

第二天中午，程念果然在教室里等着顾余川。这种要求什么的，最容易了。

顾余川下了课到程念的班上找她，两个人一起去食堂。

程念盯着顾余川下来的楼梯看了又看。

“余白哥呢？你没等他吗？”

“他最近忙着复习，我一会儿给他带上去。”顾余川把程念的脑袋扳正，“看路。”

程念跟在顾余川后面，顾余川像是想起什么，突然停了下来，程念一头撞到他的背上。

“顾余川你干吗突然停下？”程念揉着额头，十分不解地问。

“你以后想去哪个大学？”顾余川对上她的眼睛，问得很认真。

“潼溪大学啊，余白哥不是最想去那儿吗，所以我也要去。”程念咬着顾余川给她的那杯酸奶的塑料盖，回答得含糊。

顾余川抓着饭卡的手指紧了紧，他现在喉咙有点发干。

“你就那么喜欢他吗？”这句话无数次涌到顾余川嘴边，却又被他狠狠地咽下去，不能问。答案昭然若揭，不问的话，他还能继续装下去。

但是，程念你知道吗，顾余白不会去潼溪大学了。

顾余白和顾余川都要上晚自习，反倒程念这个念高二的总是下课就回家。程念习惯在校门口等一会儿，没想到一等还真的等到一个人。

“走吧，回家。”顾余川长臂一伸，把程念捞到自己身边，动作像是演练过无数遍，无比熟练。

程念蒙了一下，她被顾余川揽着走了一段路，才从他臂弯里钻出来，说：“你要回家，那余白哥怎么不回家？”

“你脑袋里只有你余白哥吗？”顾余川不着痕迹地收回悬在半空的手臂，他拉着单肩包的背带，像是想到了什么点子似的，恶趣味地扬起一抹笑。

顾余川把书包丢进程念怀里，程念手忙脚乱地接住，抗议的话还没来得及说出口，顾余川的声音自前方飘来：“想知道的话，就乖乖地帮我拎着书包。”

程念慢吞吞地跟在他的身后，掂了掂他的书包，里头装着不少东西，所以格外地沉。程念忍不住暗骂了顾余川一句“没良心”，但是为了余白哥，她忍了！

“你还没告诉我呢！”程念加快脚步，抱着如同巨石般的书包堪堪跟上顾余川。

“我这段时间都请了第一节自习课的假，顾余白正忙着学习所以没请假，以后，你记得要等我。”顾余川低头，余光瞥到程念被勒红的手掌，他不动声色地接过程念手里的书包，直接往自己背上一撂。

程念表示理解，毕竟潼溪大学是国内数一数二的名牌大学，不用功是考不上的。

她揉搓着手上那几道印子，问：“那你呢？打算去哪儿？”

顾余川似乎对这句问话很满意，眼角眉梢都带了点柔和的笑意：“你猜。”

程念翻了个白眼，谁爱猜谁猜去吧！

程念回到家把东西往床上一扔就摸出了手机，在网上搜寻了一阵，什么东西补脑？余白哥每天这样不知疲倦地学习，最需要补充营养了。

核桃、松子什么的她家根本没有，鱼、肉、蛋倒是有，但是好像不好带走，而且她也不会做。奶粉倒是有……

程念烧了壶水，泡了一杯牛奶，又放了一勺白糖，直到自己试过味后才装进保温杯，然后借口散步溜了出去。

顾余川的房间有一个石英钟，秒针总是“嗒嗒嗒”地走着。他把复习资料某一页的页脚折起来，又把东西整理好放进书包，然后照常去上晚自习。他按电梯的时候总是下意识地按到 16 楼，在 16 楼停顿一下，再按到 1 楼。顾余川走出电梯看到一抹熟悉的身影站在门口，他本以为自己看错了，走近才发现真的是程念。

程念怀里捂着一个深红色的金属保温杯，看到他来，脸颊上晕开浅浅的笑意：“顾余川，你带我去找余白哥吧。”

顾余川视线却落在那个保温杯上，沉默不语。

程念依旧在他耳旁喋喋不休地说：“我上网查过了，喝牛奶有助于补脑还能提高记忆力，所以我泡了一杯，给余白哥送过去。”

顾余川只敏感地捕捉到三个字“余白哥”。

“顾余川？”程念发觉顾余川根本没有认真在听，于是伸出手在他眼前来回晃了几下。

“高三的班级是不允许其他人进去的……”顾余川试图让程念打消这个念头，但话只说到一半，猝然被程念打断。

“我知道啊，所以我才来找你！”程念眨着星星眼，期待地盯着他，每次她有求于人时就会露出这种表情，“顾余川你那么聪明，你就是我的偶像，肯定有办法带我进去的！”

顾余川立刻投降，拒绝的话根本说不出口：“那你不许乱跑。”

“你答应带我去了？”程念喜出望外，眼睛里有几丝狡黠。

“再问就不带了。”

此刻，顾余川却觉得头顶的路灯分外晃眼，他率先走进前方的昏暗里。

“别别别！”程念小跑着跟上去，自己在心里偷着乐。

顾余川带着程念进入自己所在的班级，本来有些闹腾的教室一下子噤声，安静得可怕。有几个跟顾余川玩得好的同学，直接露出惊诧的表情：“余川，原来你拒绝那些女生都是有原因的啊！”

顾余川面无表情地推开那个凑近的男生，心里却怦怦乱跳得厉害:“滚一边去！”

“哎哟，不知道多少女生要伤心了……”那男生贱兮兮地走开，目光暧昧地在程念身上来回流转。

“你别在意，他就是这样。”顾余川下意识去观察程念的表情，发现她根本不在意，不免又有些失落。

他们来得比较早，第一节课还没下课。程念坐在顾余川身边，迷迷糊糊地打起了瞌睡。不少男生看着没有老师过来查岗，开始肆无忌惮地聊天。程念皱着眉头睡不安稳，一直动来动去。

顾余川在她脑袋上盖了一件校服外套，又朝自己的方向留了一个缝隙。他小心翼翼地越过程念，一个一个地去跟班上的人打招呼，再回来，果然没人说话了。

程念睡醒了，胡乱地把外套拉下来，刚好下课铃轻快地响了起来。

程念瞌睡虫一下子跑光了，她拿着保温杯往外跑，等到了顾余白的教室外，才在门口喊了几声："余白哥！"

顾余白垂头在算题，见到程念时一脸惊讶。

"余白哥，辛苦了！"程念把保温杯递到顾余白面前，脸上写满了"求表扬"几个字。

顾余白照例揉了揉程念柔软的头发，眼底都是淡淡的柔情："不辛苦。"

顾余川站在门口等人，控制不住地叹了口气。先前调侃过他的男生把那一幕烙印在眼底，忍不住同情起顾余川："搞了半天，原来是单恋啊……"

"再说我要动手了啊！"

五月悄声而至，步入初夏时，空气里已经有些热意了。

晚开的紫藤萝还没落花，一串一串垂挂在头顶上。四散开来的花香沁人心脾，一丝一缕钻进人的心底。

来草莓园摘草莓本来是四月的决定，但是四月的时候，顾家兄弟经历了几次大考，忙得一点空闲的时间都没有，于是就推迟到了五月。

程念把自行车停在空地上，拉着顾余白就往大棚里跑。

顾余川把车锁好，一抬头还能看到程念兴奋的背影在风里一蹦一跳的，高高甩起的马尾左右摇晃，一旁的顾余白则无奈地笑。

顾余川敛去眸色中的几丝复杂情绪，在入口处领了一个篮子。

他走进大棚的时候，程念嘴里塞着一颗从工作人员那儿拿到的洗干净了的草莓，粉红色的汁液还沾在嘴角，唇瓣晕染的粉色看起来晶莹而漂亮。

顾余白从口袋里掏出一包手帕纸，抽了一张出来给她擦干净，纸巾上便留下了一片残红。

顾余川面无表情地走过去，在程念身边蹲下身，开始挑选个大鲜红的草莓。他摘草莓很利索，手法又快又轻柔。

草莓田又长又宽，来摘的人不少，热热闹闹的。草莓苗碧绿，草莓却通红，一眼看过去，视觉效果很震撼。

程念拿了手机拍照，顾余川回头，发现顾余白在程念的指挥下凹造型。

真丑！顾余川在心底吐槽一句，却还是移不开目光。

顾余白把他强行拖到了身边，这下变成了两个人在程念的指挥下凹造型。好像……也没那么丑。顾余川一边安慰自己，一边摆出了类似推销草莓一样的动作。

程念笑得快要岔气，她说："顾余川，没看出来你还有代言人的潜质啊！"

顾余川黑脸，把一捧草莓放进篮子里头也不回地往前走去。

顾余白在此期间去了一趟卫生间，但是时间有点久，程念担心他找不到回来的路所以也跑了出去。

顾余白回来时，大棚里仍旧熙熙攘攘，谈笑声如旧。

"念念呢？"顾余白环视四周没见到程念，便问顾余川。

"去另一个大棚看草莓了。"顾余川面不改色地撒谎，他手里动作没停，脚边安静地放着三个数量不一样多的草莓篮。

"我去看看。"顾余白起身，灰色的跑鞋周围沾着泥。

顾余白离开没多久，程念就从外面回来了，她鼻尖上有一层细密的汗珠，伸手随便一抹沾湿了小片衣袖。

"余白哥还没回来？"程念差点又要跑出去，顾余川连忙抓住了她，不盈一握的手腕上传来她的温度，顾余川好像突然被电击了一般快速地松手。

“别去了，万一他回来又得去找你。”顾余川声音有点闷。

顾余川是第一次这么直接地触碰到程念的肌肤，以往勾肩搭背的还从来没有这样的感受。他双颊忍不住爬上一抹粉色，一向天不怕地不怕的他此刻连眼神都不太敢跟程念对上。

“也是。”程念凑近顾余川，将一颗草莓递到顾余川嘴边。

顾余川还有点愣，对着面前的粉红色看了半晌，才确定那是给他的。

“我洗过了的。”程念以为顾余川在纠结它不干净于是忍不住解释道。她收回手臂，将草莓塞进自己嘴里，证明自己说的都是真的。

顾余川呆若木鸡，恍惚间程念又捏了一颗送过来。

他准备低头去咬，谁知道程念立刻把手抬高。他还没说什么，程念又把草莓递过来。他眉头皱着，像是怕她再耍花样，还迟疑地看了她一眼。当他第二次去咬时，程念又再一次地将手臂抬高。

顾余川：“……”

“生气了？”程念见顾余川低着头，于是也低头想去观察他的表情。就在这时，顾余川倏地一把抓住她的手，将草莓抢了过去，不解气似的把牙齿咬得咯吱作响。

程念和顾余川拎着篮子走出去的时候，顾余白正从附近的第三个大棚里出来。他身上的白T恤被汗浸湿，裤腿上还沾着两片草莓的叶子，看起来有些狼狈。

顾余川多少有些心虚，但他仍旧装作什么也没发生，面上一副云淡风轻的样子。

“下次不要乱跑了。”顾余白还是温和地揉了几下程念的发顶，被太阳晒得有些发烫的发丝灼着他的掌心。

程念以为顾余白知道自己跑出去找他的事，于是抿着唇点头，样子乖得不得了。顾余川偷偷地吁了口气，他把程念那一篮子草莓接过来，自己去结账。

回到家后，程念换上自己最小号的拖鞋，一下子扑进沙发里。徐紫安把她从沙发里捞出来，嫌弃地将她丢进了浴室：“脏死了，不洗澡就往沙发里钻！”

程念拍了拍玻璃门，攀附着一层水汽的雕花玻璃看什么都模模糊糊，她在浴室里干号：“妈！没拿睡衣！”

“知道了！”徐紫安把遥控器往茶几一放，顺手将阳台的衣服取下来送进浴室里。

“瞧把她惯的。”程裕随手把无聊的爱情肥皂剧换成了《篮球世界》，叫好声一下子充斥了整个客厅。

“我乐意。”徐紫安把遥控器抢过来，又换回了爱情剧。

程念洗完澡，在自己房间里吹头发。等头发快要干了，她才端着半个西瓜，用勺子挖着瓜瓤吃，再把黑色的西瓜子吐进脚边的垃圾桶。

这个时候不知道余白哥在做什么？程念边吃边想，慢慢地，睡意渐浓。

房间外的阳台上刮起了一阵风，吹得花花草草随风摇摆起来，馥郁的芳香随风飘进房间，进入程念香甜的梦境。

步入盛夏的夜晚蝉鸣悦耳。

顾余白和顾余川各怀心事，在书房里和顾父谈话。顾家父母都是搞教育的，在这一领域里已经小有名气。

“余白，你要决定好。”顾成半靠在椅背上，指间的香烟已经燃到尽头，他慢慢地吸了一口，吐出的烟圈在半空消散。

“爸，我早就决定好了，你不用再问了，我是不会改变主意的。”顾余白想到程念，唇边忍不住漾起一抹柔和的笑意。他不只是单纯地喜欢程念，他想要给程念的不是现在，而是一个美好的未来。

赫尔辛基大学的教学质量是有目共睹的，那里的金融专业是他最好的选择。他要用这几年积累经验，回来开公司并稳定下来，不让程念受一点委屈。

“好吧，你大了，有自己的想法，我也不干涉。”顾成顿了顿，将烟头在烟灰缸里掐灭，晚风一吹，刺鼻的烟味消失得无影无踪，“那么你呢，余川？”

“我要留在青城镇，留在这里。”

留在程念身边。

程念知道顾余白要去芬兰还是在高考结束之后。

听到这个消息，她急如星火地从楼下冲到楼上。平时习惯坐电梯，还没注意到这栋公寓的楼梯会这么陡。她只爬了一层楼，就有些气息不稳。

门是顾母赵青安开的，看到程念的到来，立即意识到她是来找顾余白和顾余川的。

程念杵在顾余白房间门口，眼睁睁地看着他忙碌的背影却说不出话来。赵青安拍着她瘦弱的肩膀，轻声安慰道：“放心，只是出国念书，寒暑假会回来的。”

似是听到了门口窸窣的响动，顾余白整理东西的动作一顿，他回过头，在被风吹得躁动翻飞的窗帘落下时，看到了程念。

赵青安已经离开了，只剩下程念呆呆地站着出神。

顾余白走过来，还是那副温和的样子，他揉她的脑袋轻声安慰：“对不起，没有提前告诉你。”

程念愣愣地点头，过了一会儿又摇头。

“决定去赫尔辛基不是我一时兴起，念念，我要变得更好……”才能追求你，给你一个未来。

程念眼眶发酸只想哭，她坐在顾余白的床上，还能闻到被子上洗衣粉留下的香味。

“余川还留在这里，如果想找我，就让他带你到赫尔辛基去。”顾余白坐在她身边，从窗外透进来的光线将他们笼罩在一起。

“那我去找你，你会不会嫌我烦？”程念吸了吸鼻子，声音已经不稳，带着隐隐的哭腔。

“怎么会呢？”顾余白从桌子上抽出几张纸递给她，“不哭了，想我可以给我打电话，我 24 小时开机，只要是你打来的电话，我一定接。”

暑假的最后几天，顾余白将前往芬兰，两家人在机场送机。程念一直拽着顾余白的衣角，顾余白干脆拉着她的手。

过安检的时候，程念还是没忍住，哭得稀里哗啦。顾余川在旁边看着，嘴巴没停：“程念，你丢不丢人！”话虽这么说，纸巾却递过去了。

顾余川这招是学的顾余白，他无数次发现程念需要纸巾时，顾余白总能从兜里摸出一包，于是也去小卖部买了一条手帕纸，没想到还真用上了。

机场大厅甜美的播报声连续响了几遍，顾余白拖着行李箱往里走，走出几步又回头，深深地看了程念一眼，然后露出一个尽量显得轻松柔和的笑。

程念更难过了，她鼻涕眼泪一齐冒出来，顾余川手忙脚乱擦都擦不及。

顾余白最后还是转身，彻底消失在程念的视线里。

顾余川无奈地丢了一团又一团的卫生纸，怎么顾余白帮程念擦的时候，就那么简单呢？轮到他这里，就怎么也擦不完了。

程念回去后，躲在被窝里大哭了一场，眼泪沾湿了整片枕巾。后果就是她第二天鼻塞了，徐紫安用热毛巾给她敷了一次又一次，才通畅起来。

后来顾余白大概是到了芬兰的首都赫尔辛基，所以给程念发了信息。程念回过去，那边却一直都没有再回复，于是程念每天的任务就变成了守着手机。

很快就到了高三开学，顾余川送她去学校。程念住校不能带手机，和顾余白的联系就变成了一周一次。程念试着偷偷把手机带进学校，一不留神差点被老师没收。为了能和顾余白联系，程念还是没敢冒险把手机往课堂上带。

顾余川进入了潼溪大学，因为要军训，也很少回来。程念每天看看书做做题，日子也就过去了。只是她盯着手机发呆的次数越来越多，有时连徐紫安喊她吃饭都听不见。

徐紫安站在程念房门口叹气："自从余白出了国，念念就每天浑浑噩噩的……"

初雪降落的时候，程念等来了自己为期不长的寒假。顾余川已经先她一步回家了，程念裹了件军大衣急匆匆往楼上跑。

顾余川穿着睡衣躺在沙发上，右手握着遥控有一下没一下换着台，居家得不行。当程念拼命按门铃时，顾余川磨蹭许久才从沙发上起来。

"念念？"顾余川打开门，眉峰微蹙。

程念因为爬了一层楼，脸颊红润，吐出的热气氤氲着眼眶，看起来有点湿润。

楼道上的窗户没有关紧，外面狂风猛地吹起来，带着冰碴子不断地拍打着玻璃，制造出不小的动静。

顾余川看了眼程念通红的鼻头，眉心皱得厉害，他把程念拉进客厅，再"啪"的一声把房门关上。

客厅里开着暖气，温热地拂着脸颊，程念冰凉的脸颊终于开始回温。她四处瞄了瞄，样子有点像做贼未遂：“顾叔叔和顾阿姨呢？”

“出门旅游了，怎么了？”顾余川相比高三那段时间，又高大了不少。他起身去帮程念倒水的时候，程念才惊觉自己和顾余川的身高差是越来越大了。

“顾余川，我们去找余白哥吧！”程念抱着棕色的毛线抱枕说。

顾余川接水的手一僵，从饮水机里流下来的几滴开水落在他的指尖，烫得他浑身一震。他端着水杯的手暗自用力，握着灼手的杯子魂不守舍，直到程念小跑着凑过来，从他手里接过水杯。

“顾余川，想什么呢？行不行？”程念捧着水杯，杯子上空袅袅娜娜升起的白色雾气把她整张脸笼罩起来，又被她呼出的气息打散。

顾余川面无表情地掠过她，连考虑也不考虑：“不行。”

“为什么啊？”程念稍微红润起来的脸色更红了，她表示不满的时候会习惯地噘嘴，眼睛一眨不眨地盯着顾余川。

“不安全。”顾余川几乎下意识地就说了一句违心的话。

说完，他在心里反驳，才不是不安全，我就是不想你去见他，行吗？

顾余川重新坐了回去，沙发凹陷，带着点轻微的褶皱。他拿着遥控器一下一下地按着，明明一开始最想看的节目也变得索然无味起来。

“你就是不去对吧？”程念脸颊鼓鼓的，眼睛瞪得圆圆的。她把杯子放在桌上时刻意加大了力度，陶瓷的杯底和玻璃桌面相撞发出巨大的响声。

“不去就不去，我自己去！”程念打开门，风一样冲了下去。

程念窝回自己的房间，把行李箱摊开在铺了瓷砖的地面。她边收拾边赌气似的默念：“顾余川，没良心。”

当晚，徐紫安坐在客厅叹了口气，在网上给程念订了往返的机票。程念已经和顾余白联系好了，到时候顾余白会直接来机场接人。

顾余川收到顾余白的信息时，蒙了。他骂了一句“有病”，连忙去卧室收拾东西，然后拎着行李箱赶去机场。

“程念，你胆子还真大！”顾余川坐在计程车上，一边骂一边看时间，“师傅麻烦再快点。”

一路上窗外不断掠过的雪景，顾余川根本没心思看。他盯着手表上的时间，目光随着秒针转了一圈又一圈。

从青城镇到潼溪市，距离不算远，但是冬天街道上结了一层薄冰，车子不好走，一路上车速慢悠悠的，任凭顾余川怎么催也没有用。

悬挂在路边枯树枝上的冰挂下，有好几个小孩在朝它投掷雪球和石子，企图让它从树上掉下来，顾余川漫不经心地收回视线。

计程车总算到了机场门口，他甚至连钱都没等师傅找，就心急如焚地往里冲。

程念一家还坐在候机厅，不知道在谈论什么，都一副眉飞色舞的样子。顾余川终于忍不住吐出一口气，似乎还带着前一分钟的心慌意乱。

顾余川整理好情绪，才跨步走到程念面前。

接下来发生的一切都是那么自然，程家父母放心地把程念交给了顾余川，并且目送他们进入登机口。

顾余川的座位离程念的座位比较远，为了随时看好程念，他甚至跟程念旁边的男人换了座位。程念还在生气，从一开始到现在都没有开口说过一句话，看到他坐过来，干脆扭头看向另一侧。

顾余川把盒饭打开放在程念面前，声音难得柔和了一次:“吃饭吧，吃了饭才有力气和我闹别扭。”

“谁和你闹别扭了？”程念碎碎念了几句，拆开筷子埋头苦吃。

程念和顾余川从通道出来，一眼就锁定了顾余白的身影。顾余白穿着黑色的长款大衣，高领白毛衣贴着瘦削的下巴，倚在身边的圆形柱子上。

程念在人来人往的大厅里喊了一声“余白哥”，然后直接丢开行李箱，迈开步子往前跑。

顾余川盯着程念的背影看了一会儿，才蹲下身子把翻倒在地的行李箱扶正，然后越过人海朝那两人走去。

程念扑进顾余白怀里，颇为满足地蹭了蹭。带笑的声音从头顶落下，带着属于顾余白暖意的手掌抚过程念的脑袋："念念。"

明明只是很平常的一个称呼，现在听起来却格外温情。程念环紧了顾余白的腰，鼻子狠狠地吸了几下。

"哥。"顾余川拖着一大一小两个箱子过来，勉为其难地扯了扯嘴角。

"余白哥，顾余川欺负我！"程念抱够了，开始愤愤不平地告状。

顾余川嘴角抽搐，吐出来几个字："小麻烦精。"

已经是晚上，芬兰的冬天不比潼溪温和，程念又给自己加了一件毛衣。从机场打车到顾余白租住的房子里，程念已经迷迷糊糊地睡过去了。

顾余川瞄了几眼，对于程念还会"噗噗"打呼噜的声音格外嫌弃，两颊的潮红还没褪下去。他皱着眉戳了戳程念的脸，软乎乎的。

"余川？"顾余白突然从副驾驶的座位上回头。

"啊？"顾余川吞了口唾沫，还好他已经收回了手。

顾余白柔和的目光落在已经睡熟的女孩的脸上，眉眼里都是笑意，他嘴唇微动："谢谢你，把念念送过来。"

顾余川偏头，看向窗外模糊的景色，尖尖的房顶上铺着圣洁的白雪，他呼出的气息给车窗玻璃蒙上一层薄雾。

“程念那么蠢，我要是不过来，她被人卖了都不知道。”顾余川爱到深处自然黑，他在凝结的水雾上，还能看见程念睡得像小猪一样的脸。他嘴角慢慢地勾起一个浅浅小小的弧度，心跳频率似乎和程念的呼吸同速，内心柔软得不可思议。

波罗的海面已经结冰，风还很大，吹得顾余川开始怀疑人生。他的视线追随着程念，程念蹦蹦跳跳的，一点也没有被寒冷的天气影响到。

冰块下的海水还在慢慢地涌动，波澜很小，似乎能看到一些色彩艳丽的鱼类。程念观察了一会儿，又被波罗的海的女儿铜像吸引了。

“余白哥，快帮我拍照！”程念的喊声穿透凛冽的寒风扑进顾余川的耳朵，顾余川抬眼，发现程念比了一个剪刀手的造型。

手机快门声连续响了好几下，顾余川走到顾余白身后，透过顾余白的镜头清晰地捕捉到了程念冻得发紫的指尖。

“丑死了。”顾余川一面吐槽，一面继续看下去。

“这个动作……八百年前用到了现在。”

“笑得这么傻，鼻涕都出来了。”

顾余川翻着相册点评，丝毫没发觉照片主人公已经到了身后。

“顾余川，你这人怎么这么俗气呢，开心最重要你懂不懂？”程念把顾余白的手机抢回来，自己欣赏的时候总能代入顾余川的点评，这下她也觉得确实挺难看了。

“很漂亮，你别听余川的。”顾余白摸摸程念的头，嘴角始终挂着一抹笑，像二月的春风般轻柔和煦。

程念勉强把觉得难看的想法在脑海里抹杀，她咂咂嘴：“饿了。”

“程念你是猪吗……”顾余川双手揣在棉服兜里，立在风中说话时身后突然有个女生拉了他一把。

那女生估计以为顾余川是芬兰人，所以操着一口流利的芬兰话。但她说了半天，顾余川也没什么反应。

程念用一副看好戏的口吻揶揄他：“估计人家是看上你了，真可惜，这么好看的姑娘，竟然眼神不好……”

顾余白笑了一声，用芬兰话帮顾余川回了一句，那女生随即露出一副伤心的表情，恋恋不舍地走了。

“她确实是看上你了，”顾余白忍着笑，“她说，她想和你做爱。”

顾余川满头黑线，他下意识去看程念，发现程念笑得特别欢快。他胸腔闷着一股气想爆粗口，去他妈的！

顾余白在厨房里做饭，程念在卧室里看电视，顾余川坐在客厅里，装作再自然不过地拿起顾余白搁在桌子上的手机。

顾余白的手机没有设锁，顾余川把程念那些照片一股脑儿发送到自己手机上，但是手机信号不好，接收费了好大一番工夫。顾余川把传送记录清除，再把手机放回原处。他看着自己相册里多出来的关于程念的照片，目光变得柔软。他手指触摸着凉凉的手机屏幕，感觉到心底属于程念的那一块地方潮湿而温暖。

“余白哥，我给你安利一首歌。”程念在顾余白第三次往自己碗里夹菜后，忍不住说道。

“什么歌？”顾余白夹菜的动作没停，眉目温润道。

“周杰伦那首《安静》，无敌好听。”程念在电视机里的全球音乐榜上偶然听到这首歌，立即就记住了它的旋律。

程念从小就喜欢周杰伦，虽然那时候她根本听不懂周杰伦唱的都是什么，但也总是跟着磁带和碟片抽风一样哼唱，天长日久，习惯就这样渐渐积淀下来。

“好，一会儿再听。”顾余白应下，往嘴里送了一筷子卷心菜。

这天晚上，顾余川躺在顾余白的房间里失眠了。

顾余白洗完澡出来，坐在床边上擦头发，水珠糊了顾余川一脸。顾余川随手抹了一把：“哥，把你手机借我，我手机信号不太好。”

“在床头柜上，自己拿。”顾余白起身去拿吹风机，很快吹风机的声音遮住一切其他声响。

顾余川把手机贴近自己的耳朵，还是听不清里面在唱什么。他在抽屉里翻出顾余白的耳机，往耳机孔里一插，总算听到那首歌的旋律。

顾余川躺在里侧，耳朵里全是周杰伦的声音。他把程念说的那首歌听了一次又一次，彻底没了睡意，旁边顾余白却已经睡熟了。

顾余川起身，没有开灯。他把房间里的窗帘打开，尽管隔着玻璃，还是感觉到了窗外零下几度的寒意。半夜下起了小雪，一片片从他眼前落下去，覆在阳台的地板上，时间推移，积雪越来越厚。

顾余川把周杰伦的歌轮番听下去，不知不觉已经在窗前站了一个小时，他浑身冰凉地躺回被子里，睁着眼睛毫无睡意。

这个时候程念早就睡熟了吧？像一头小猪一样可爱。

天才刚亮，窗外微弱的光线被窗帘严严实实地挡住。空气中飘散着甜香味，勾着程念肚子里的馋虫。

程念从床上爬起来，套了件毛衣就往外走，乱糟糟的头发因为和毛衣的摩擦起了静电，滑稽地竖起来。

畏于冬天的严寒，室外的绿植全都冻住了。顾余白在墙角养了几盆仙人掌，用来吸收电脑辐射，程念经过时才发现。她绕到厨房，发现顾余白在煮粥。

胡萝卜丝一下去，色彩就鲜亮起来。鲜香随着空气蔓延到每一个角落，程念肚子尴尬地叫了一声。

“醒了就去刷牙洗脸。”顾余白侧过头，视线跟程念对上，眼睛里的笑意更浓。

程念晃晃悠悠跑到卫生间去，镜子里的自己蓬头垢面，脸颊却有点红。程念偷偷地笑了几声，连忙用水拍了两把脸。温热的液体从脸颊上滑落，再滴进那盆还没倒掉的水里，溅开细碎的水珠。

顾余川不知道什么时候出现在她身后，眼睛还没睁开，却能准确无误地拿起牙膏挤在牙刷上，然后塞进嘴里。

程念终于理解了微博上关于冬天人们的那句“肉体已经醒来，灵魂还在沉睡”的境界了，顾余川现在的形象生动贴切。

顾余川耳朵里还塞着两只耳机，手机揣在睡衣兜里，只露出一个小小的角。

顾余川什么时候喜欢听歌了？

她困惑不已，思索间已走到客厅，粥已经上桌，正冒着热气。

顾余川横躺在沙发上，似乎听歌着了魔，从起床到现在也不舍得把耳机摘下来。程念越发奇怪了，她悄无声息地凑近顾余川，一只手抓住了右边的耳机线，她还没来得及塞进自己耳朵听听是什么歌，就被顾余川抢了回去。

如同护食的老母鸡……程念猝然想到这个比喻，惊得差点被自己的口水给噎死。

“你干吗？”顾余川警惕地盯着程念，差一点就被程念发现他在听周杰伦的歌了，真是好险。

“不就想知道你听的是什么吗？”程念心虚地摸了摸鼻子，她眼睛上下左右转动，滴溜溜的，看起来很是狡黠。

“不告诉你。”

“小气鬼，喝凉水！”程念换掉顾余川正在看的节目。

顾余川把自己关进房间，耳机里换了一首歌，但男人的声音没变。他循环了周杰伦的歌很久，听着听着自己好像也喜欢上了他。

原来喜欢一个人，连自己的喜好都会因为她发生改变。

顾余川重新窝进被子里，耳朵里的音乐一首一首切换，再在后面的某一分钟继续重复。

或轻快，或悲哀，或热血……

下午时分，又落了一场雪。雪小了后，程念和顾余白出了门。

程念蹦跳着走在前面，在雪地上留下一串脚印。大红色的围巾张扬地飘在风里，顾余白只是远远地注视着，清晰地感觉到自己整颗心热了起来。

“余白哥，你怎么这么慢？”程念又踩着自己的脚印走回来，她微微弯腰，眼睛找到顾余白低垂的眉眼，眸中蕴藏着的那抹亮光越发刺眼了。

“等等！”程念突然伸出一只手，顾余白不解地看着她。

“余白哥，你往后看。”程念表情太过严肃认真，甚至连嘴角的笑容也凝固了。

顾余白以为她看到了什么不好的东西，于是回头去看。雪地里什么也没有，过路的行人神色匆匆，也都再正常不过。

“你看，我们的脚印……”程念立在那儿，身后的风吹过来，把她的头发吹乱，有的跑到了她嘴里。程念顾不上管，她指着那两串大小不一的脚印，“余白哥，你看像不像一对儿？”

“像。”顾余白笑起来，伸手拂开程念脸上的头发，“我带你去个地方。”

顾余白牵着程念的手，她的手小小的、软软的，被自己的手完全裹住。

属于对方的温度源源不断地传送过来，烧红了程念的脸。

顾余白手指紧了紧，像是握着最重要的东西一样不舍得放开。程念偷偷地笑，心里好像被注入了蜜一样甜。

他们在高高的摩天轮下停住。

大概因为天冷，来这里的人不多。大多是情侣，伴着暖黄色的灯光选了自己喜欢的颜色格子坐了上去。

“想去吗？”顾余白手上的力度又加大了一些。

程念点头。

载着程念和顾余白的格子开始上升，唯美的纯音乐萦绕在顾余川耳边，他神色淡淡地倚着身后那棵不知名的树，眼底浮现一抹青灰色。

顾余川抬起头，融入黑夜的格子看起来并不真切。

“Hey boy……”

顾余川听见一旁的芬兰男孩子用并不太靠谱的英语说：“你想要仰望他们的幸福吗？”

芬兰男孩给了他一副望远镜。

顾余川再次往上看，他的指尖开始僵硬，慢慢地裹上一抹寒凉。他抓着望远镜的手开始用力，指骨和手心生疼。

眺望摩天轮的都是在仰望幸福，我们仰望它的时候，是否已经得到了幸福?

没有！没有程念，就不会幸福。

顾余白吻住程念的唇，声音柔和，他轻声低语：“念念，我们在一起好不好？我不想再等了，怕你喜欢其他人……”

程念抱着顾余白的腰，把头埋进他温热的怀里。她哽着声音说：“余白哥，告诉你一个秘密……”

我喜欢你，十七年。

从出生，到现在。

顾余川沿路走了一段，像是想起什么，从怀里摸出手机。程念举着剪刀手的样子呈现在眼前，顾余川捧着手机，从波罗的海一路经过他们之前玩过的地方。

小路旁边的橱窗里摆放着一套情侣装，顾余川看到有一对情侣在试着，然后结账，挽着手从他面前离开。

雪又下起来，顾余川蹲在橱窗下面，手指不停摩挲着手机里那张笑颜如花的脸。良久，他起身，双腿却已经没什么知觉了。

雪花劈头盖脸地扑在他脸上，然后迅速融化，他的眼睫毛好似结了一层冰霜，变成了浅浅的银白色。上下颤动的时候，还能感觉到沉重的寒意。

顾余川拖着麻木的双腿，一脚深一脚浅地踩在雪地里，偶有埋在雪地里的枯枝，还会发出“嘎吱”的声音。

顾余川把耳机塞进耳朵，就着并不太好的网速，听周杰伦唱歌，一字一卡一顿，磕磕绊绊地听完一首歌，竟也意外地好听。

楼房的第二层灯光亮着，显然是有人回家了。

顾余川孤零零地站在楼下，看到窗户上映出来的那抹灰色的影子，看样子是在擦头发。

街边的灯依旧亮着，柔光覆盖住顾余川的身体，没有一丝暖意。顾余川怔怔地看着，不知道在想些什么。等他回神时，肩膀上已经覆盖了厚厚的一层雪。

程念，我不再说你坏话了行不行?

程念，我加倍对你好行不行?

你不要喜欢他。

手机铃声在逼仄的楼道里响起，不厌其烦，一遍又一遍。顾余川看了一眼，直接挂断。

他的脚边摆放着几个花盆，冷冬把原已经长出花骨朵的娇嫩逼退回去，唯独留下一抹残败之色。他塞着耳机坐在粉刷过的楼梯上，静静地看着外面纷扬的雪花。

Chapter 3

我想留在你身边

电车经过被冰花覆盖的海边，一路晃到了白教堂。

载着新娘的豪华婚礼车上装饰着叮当作响的易拉罐，停在了教堂门口。

程念和顾家兄弟跨过门槛，进入庄严肃穆的教堂，围观的人不在少数，都被当作心存善良的嘉宾邀请入席。

他们三人坐在座椅上，听着神父口中如同天文的誓词。好在顾余白大致懂了一点，再结合一般婚礼的誓词，解释起来也不是很难。

“婚礼好棒啊！”程念由衷地感慨。她的耳边祝贺声、掌声如潮水般经久不息。

顾余白挨近程念的脸，用不容第三个人听见的声音对她说:“以后，我们的婚礼会更棒，你喜欢春天，那我们就在春天办。”

程念整个人都因为顾余白温柔诱惑的声音而酥软下来，她脸颊很快浮上几朵红云，眼神闪躲着移向别处，心跳的速度却加快了好几倍。

“要么，我们也来这里？”顾余白拉着程念放在膝盖上的手，抓进自己手心里，不轻不重地捏了一下。

程念羞涩地偏头说：“谁要跟你结婚？”

顾余川抓着大衣一角的手猛然用力，将那一块抓出了好几条褶皱。

宾客离席，顾余川闲散地在街上逛。天气比前几天要好，他走着走着，看到议会广场旁边有块地方被人铲走了积雪，晚间竟然在那里支起了烤架。

肩膀被人轻轻地拍了一下，他回头，是顾余白。

“怎么了？一直不高兴。”

顾余白是个很细心的人，顾余川一直都知道。是不是，程念就喜欢他的细心呢?

顾余川想到以前高中时，班里有几个女生在讨论谁谁谁长得帅，顾余白总在其中。她们给顾余白的定义总是“温柔”“细心”“体贴”之类，那时他并不怎么在意，直到有一天这些词出现在程念嘴里，他就知道，大事不妙了。

顾余白借了几个小板凳，顾余川顺势坐下来，他看到摆放在脚边的一打罐装啤酒。他拿起一瓶，拉开拉环，一口灌了下去。酒精灼着胃，四肢终于开始渐渐回暖。

广场上不知道什么时候来了一支乐队，用中文唱着一首悲伤的情歌。他们拨着吉他弦，歌声撩人，很快周围就围满了人。

程念从别人的烤架上买了几根羊肉串给他们递过去，撒着孜然的肉串香味在冷空气里横冲直撞。顾余川细嚼慢咽地吃着，肥瘦相间的鲜美直达心底。

大约是在一群坐着的人当中，程念站着更加显眼；又或者是乐队的人发觉了这里还有一个中国人，总之程念被乐队主唱请了上去。

顾余川抬眼，看到程念有些拘谨地握着麦克风，他嘴角突然扯出一抹弧度，眼睛里却装着化不开的玄色浓墨。

像是在看程念，又像是什么都没看，顾余川灌了一口啤酒，微微张开的嘴唇似乎在喊着程念的名字。

轻柔的女声充斥着顾余川的双耳，程念这次唱的不是周杰伦的歌，她的声音学不来周杰伦的腔调。顾余川听着，整个放空的脑袋里突然出现程念的脸，挥之不去。

多想留在你的身边

让爱渗透了整个世界

为你愿意穿越所有的时间

只想留在你身边

不害怕路途多么遥远

为你甘之如饴

不管南北东西

我想留在你身边，程念。

闷声喝酒的顾余川太过异常，顾余白终于看不过去，伸手挡住顾余川手里的啤酒："不要再喝了，已经是第五罐了。"

顾余川睁着迷离的眼睛说："我没有醉，我现在很清醒。"

接着，他仰头灌下最后一口，一甩手将空掉的罐子丢进简易的垃圾桶。他伸手，从脚边拿起第六罐，却被顾余白直接拿走。

"顾余白，你干什么？"顾余川皱着眉去抢，可手上只留下一个拉环。他睨了一眼，看到顾余白把那罐从他手里抢过去的啤酒稳稳地放在地上。

"行，随便你抢。"顾余川泄气地摊开手掌，然后重开一罐，正准备喝，又被顾余白抢了去，他忍不住咆哮，眼睛里满是痛意，“你都有一罐了，为什么还要抢我的……”

你都有程念了，为什么还要抢我的酒?

顾余白把酒扔开，两手沾满酒味，他低声呵斥:“余川，你给我醒醒，不能再喝了，你已经醉了！”

“我没醉！”顾余川盯着顾余白的眼睛，死死地盯着。他嘴唇张合，空气混合着他说话时吐出的酒气，扑在顾余白脸上，“从小你就有程念的喜欢，我却怎么也得不到，现在请你把酒留给我……你好好地，去喜欢程念……”

顾余白扶着顾余川手臂的动作有一秒钟的僵硬，他愕然地盯着顾余川，嗓子干涩，那声音像是好不容易才挤出来的一样——“你喜欢念念？”

“是！”顾余川冲顾余白吼了一声，周围的人全都投过来异样的目光，顾余川没管，继续说，“我喜欢她，我从小就喜欢她，我现在还是一样地，喜欢她！”

顾余白不再拦着顾余川，他自己灌了几口酒，目光追随着程念。程念唱的歌换了一首又一首，褪去了初上台的那份拘束，脸上始终挂着柔软的笑。

顾余白从没想过顾余川会喜欢程念，尽管他们住在一起那么多年，顾余川每天都表现得像是很嫌弃程念。

“哥……”

顾余川小声喊他。

“我在。我不抢你的酒了。”顾余白轻轻拍着顾余川的背。

顾余川因为难受而忍不住干呕，眼睛里藏着几抹湿润。

“你不要让程念伤心，她那么喜欢你……”顾余川大脑变得混沌，眼前的景物似乎在旋转，“这是我第一次，求你……”

第二天，顾余川坐上了回潼溪市的飞机，再转车从潼溪市回到青城镇。他闷在被子里，浑浑噩噩地睡着。

“顾余川呢，一天到晚不见人……”程念端着热牛奶，在客厅走了一圈。

顾余白在厨房里忙碌着，手指轻快地在划开几刀的鱼身上抹了几把盐。

“余白哥，”程念的声音从顾余白房里传过来，“顾余川的行李怎么不见了？”

“他回去了，学校老师找他有点事，现在应该在家里睡觉吧。”顾余白说完，感觉到自己的手指尖被鱼刺扎了一下。

说谎果然是要受惩罚的。

顾余白把冒出殷红血珠的指尖放在水龙头下冲了几遍，才用干毛巾擦了擦手。

顾余川睡了两天，脑袋还隐隐作痛。疼痛总是一波接一波地传来，他起身去找自己的拖鞋，一个不稳栽倒在地上。

浑身滚烫地贴着冰凉的大理石砖，竟意外地舒服。他翻了个身，仰躺在地。头顶上挂着的水晶灯，在一闪一闪的……

他眼皮变得沉重，身体发虚，艰难地举起手，将冰凉的手心贴上额头，感觉到炙热的温度。

要死了吧，烧死吧！

顾余川重重喘息，口腔和喉咙好像被人抽干了水分，干得舌头都贴在了软腭上。嘴唇起了皮，手臂滑落下去，手背蹭到那一块，竟然扯出一道伤口。

顾余川将脸贴在地板上，汲取着那一丝冰凉，嘴里艰难地喃喃着："程念……程念……"

顾余川在医院躺了三天。

那天他晕倒后刚好顾家父母旅游回来，急匆匆把人送到医院，再晚一点脑子都差点烧坏。

提起这件事，赵青安还心有余悸。

顾余川只在乎一件事，他盯着半开的房门，下一秒，果然有一只手扶在门把上。

他呼吸不自觉地放轻，听见脚步声近了。

“余川，好点了吗？”顾余白端了碗白粥过来。

顾余川等了一会儿，才哑着嗓子问他：“程念呢？”

“刚到家，一时半会儿应该来不了。”顾余白刚说完，手指就被才出锅的粥烫了一下，他缩回被烫到的手，装作若无其事地把粥碗放在旁边的柜子上。

顾余川靠着枕头，眼睑微微颤动。他脑袋还是有点晕，全身都使不上劲，他从枕头下摸出被捂得发热的手机，点开微信，对着程念的头像发呆。

几次编辑好的话又被一个字一个字删除。顾余川，你现在是以什么立场要求见她？他挣扎了几次，最终还是放下了手机。

已至年关，所有人都忙碌起来，收拾屋子办年货，顾余川一个大病初愈的人倒是安逸得多。他披了件外套，到楼下花园里吹吹风，正好碰上忙得焦头烂额的程念。

程念跟在徐紫安后面，拎着一大袋子东西走得踉踉跄跄。透过大红色的购物袋能看得出里面的东西，顾余川还在想要不要帮忙，身体已经先一步做出了反应，阔步走到程念面前，接过了袋子。

程念擦了把汗，腾出手把大棉衣的拉链拉开，然后朝顾余川露出一个笑，眼睛都快眯没了："顾余川，仗义啊！"

顾余川沉默着没说话，他提着东西的手紧了又紧。

"余川，你这几天怎么不见人？去哪儿玩了？"徐紫安等电梯的时候问他。

"在医院住了几天，昨天才回来。"

电梯"叮"了一声，顾余川把手里的东西拎了进去，又帮徐紫安把她提着的也搬了进来，在一方狭小的空间里，三个人站着，脚边铺满了年货，显得格外拥挤。顾余川听见程念疑惑的声音，一字不差地落进耳朵里："咦？顾余川你生病了？什么时候的事？"

"你不知道？"顾余川眉头紧锁，顾余白应该告诉她了才对。

"不知道啊，你现在没事了吧？"程念把顾余川从头到脚观察了一遍，除了脸色白一点，也看不出其他异样。

程念放下心，突然想到什么，把其中一包东西打开，抽出几袋枸杞子塞到顾余川怀里："那什么……就买了这些，还有排骨和淮山你一会儿来我家吃，多补补身体！"

顾余川愕然地拿着包枸杞子，话没来得及说，电梯突然开了。

到了吃饭时间，顾余川的微信竟然收到程念主动发过来的消息。

——顾余川，快下来吃饭！

虽然只有短短几个字，顾余川却偷偷开心了很久。他攥紧手机，为了显示不是刻意在等她的消息，等了几分钟才回复。

——知道了。

顾余川想回的话有千千万万句，到最后也只能说这三个字。

顾余川换鞋下楼时，出门购物的几个人都还没回来，他坐电梯从17楼到16楼，像往常一样按响了程念家的门铃。

开门的就是程念，她大概因为新长出来的刘海不好打理，所以用小皮筋在头顶上扎了一个小揪揪。

“来了啊，赶紧的。”程念把顾余川拉进去，给他盛了一大碗淮山排骨汤。

顾余川盯着浓汤发愁，虽然是很香，但他天生不爱吃红枣，尽管是被切成丝的红枣。

“顾余川，你愣着干什么？”程念推他的手臂。

“就喝……”顾余川如临大敌般盯着冒着热气的排骨汤，最终还是一闭眼，咬着牙喝下去。

程念满意了，她差点又给顾余川盛了一碗，好在顾余川眼疾手快，把碗抢了回来。

顾余川回到家就吐了，他把喝下去的排骨汤稀里哗啦地全部吐在了马桶里。然后手脚发虚地按了冲水，响声过后，他站起来，在洗手池鞠了一捧水漱口，转身就看到愣在门口的程念。

顾余川惊慌失措，他不自觉咽了口口水，然后想解释点什么，可是半晌都没有发出声音。

“念念？”顾余白走过来，“不是说袋子很脏要洗手？”

顾余白不知道顾余川在里面，他先是惊讶了一下，然后才开口：“余川？”

程念很久没跟顾余川说话。

大年三十这天，不知是谁提了一句两家人一起过年，总之顾家一家都到了程念家。客厅一下子变得很热闹，除了顾余川坐在旁边一声不吭之外，其他都很融洽。

顾余白在厨房帮忙，后来徐紫安看顾余白实在很熟练，干脆任由顾余白掌厨，自己给顾余白打着下手。

程念把无聊的连续剧换成正在播放的春节联欢晚会，窗外炸开礼花，天空一下被照得透亮。

顾余川时不时瞥程念几眼，辗转在唇齿间的话总是说不出口，他干脆摸了一把口袋，掏出一串项链："新年礼物。"

程念看了一眼，根本不想伸手去接。

顾余川把项链塞进程念手里，没头没脑地加了一句："我特别不爱吃红枣。"

程念表情终于有一点松动了，她握着手里的项链，摸着水滴型的吊坠："这是什么？"

"月光石。"顾余川起身，去帮忙盛饭，他嘴角终于勾起些弧度，心情也好了不少。

饭桌上气氛很好，几个人说说笑笑的。

徐紫安尝了一口菜，满足得眼睛都眯了起来，忍不住夸赞道："没想到余白还烧得一手好菜。"

"那是，余白哥做饭可好吃了，简直无所不能！对了，余白哥记得把秘诀传授给我。"程念吃着饭，含糊地回了一句。

徐紫安看她的眼睛带着点暧昧，揶揄道："念念原来这么喜欢你余白哥啊，那干脆嫁给他算了。"

顾成笑了一声，也顺着徐紫安的话头说下去："余白啊，你可不许欺负念念，否则我们这么多人都不会轻饶你。"

饭局变得格外温馨，程念低着头，努力地用吃东西来压制自己翘起来的嘴角。

顾余白给程念夹了一块排骨："我知道，我会对念念很好的，你们放心。"

顾余川手滑了一下，刚夹起来的一块鸡肉又掉进碗里，他稳住心神，继续埋头吃饭，只当什么都没听见。

顾余川在网页上找到了几家评价不错的厨师培训班，选来选去，终于确定了其中一家。

程念，你一定不知道，我偷偷存过你的照片，听过你喜欢听的歌，你看过的电影我也看过，你感兴趣的东西我也愿意尝试，我对你的喜欢，不比顾余白对你的喜欢少。

顾余川报完名躺在床上，怎么也睡不着。牛奶一杯一杯下肚，他却仍旧辗转难眠。窗外不停歇的礼花爆炸声响，一声声在他的脑海里炸开。

他拉开窗帘，如墨般浓暗的夜空腾起一道亮光，然后"砰"的一声，开出一朵花来。他犹豫着，还是在新年到来的那一刻，给程念发了信息。

——新年快乐。

程念还没睡，竟然秒回了他。

——顾余川，新年快乐。

顾余川捧着手机，微信界面暗了又亮起，淡淡的光线照着他光洁的下巴，有些阴翳的表情看不真切，良久，他把窗帘放了下来。

距离顾余川开学已经不远了，厨师班也在潼溪市，他每早去车站赶车，晚上再坐末班车回家，总是掐在小区门禁关闭的前几分钟到达。

程念晚上下楼丢垃圾，碰见顾余川满身疲惫地回来，她眯起眼睛才把黑暗中的人看个清楚。

“顾余川！”

顾余川脚下一顿，几秒钟的时间程念就跑了过来。

她还穿着毛茸茸的睡衣，整张脸藏在巨大的帽子里，只露出一双清澈澄净的眸子。

“你这是干什么去了呀？”程念使劲在他身上嗅了嗅，“一股厨房的油烟味。”

顾余川并未理会她的话，径直走进电梯，等程念进来了才伸手按了 16 楼的按钮。

“你不按 17 楼吗？”程念看着亮起来的按钮，不解地问。

“一会儿按。”

树木抽出新芽，春风吹走冬雪，季节不断更替，程念进入潼溪大学已经小半年了。

程念学的是外语翻译，距离顾余川的计算机系隔着一个食堂。

程念在人头攒动的校园里行走，感受到万物复苏的季节散发着清新凛冽的味道。半人高的观赏树伫立在道路的一侧，树影投射在程念脚下，被午后的柔光打碎成好几块。

程念等了一会儿，也没等到顾余川来。

以往这个时候，顾余川都应该在这里等她去吃饭了才对。她掏出手机，才发觉手机上有几个未接来电。她上课的时候把手机调成了静音模式，后来忘了开，竟然错过了这么多电话。

全都是顾余川打来的。

程念心里难免有点愧疚，她刚要回拨过去，屏幕突然变成来电提示的小猫图片。

看到“余白哥”三个大字时，程念忍不住心头一跳，她立马感觉到周身的风都温和了起来，尽管眼前总有几只讨人厌的小虫飞来飞去，差点误入她的眼睛。

“念念，我在商场里看到一枚戒指，很配你，我把它买了下来。”电话那头日日夜夜回旋在程念脑海里的声音依旧温暖如初，带着一丝喜悦。

程念感觉到自己此刻的心变得柔软，语气也染上了一些甜蜜：“余白哥，你别为了我乱花钱，你一个人在芬兰要留点钱备用。”

程念从来不知道自己会为了一个人开始操心他的以后，她连自己的生活都过得一塌糊涂，时常三餐作两餐混过去，可她现在却担心顾余白一个人在那边会没钱用。

“念念，我好想你，恨不得时时刻刻待在你身边。”顾余白很少说这样肉麻到骨子里的话，配上温柔撩人的声音，立即让程念整颗心都融化开来。

程念对着手机笑，难得跟他开了个玩笑：“那你娶我呀，娶了我我不就每天都能和你在一起了吗？”

“好。”那头没有犹豫地应下。

程念脸红了红，她其实只是逗逗他。她一边走，一边和顾余白煲电话粥，难得一次地露出属于小女孩的娇羞。她在微信上看到了顾余白发过来的那张戒指图片，的确是很漂亮很闪。

程念把图片存进相册里，脑海里开始臆想顾余白向她求婚的场景。

顾余川眼睛追逐着她的背影，感觉到心里苦涩不已。他眉眼低垂，眼睫毛遮住眼中的暗淡。他因为程念没有接电话所以不放心，特地放弃了去厨师班上课的念头，绕了半个校园来找她。

他以为程念就算没看到他发的信息，没看到他打的电话，至少也会在原处等他一会儿，可是，眼前的这一幕却深深地提醒他，原来一直都是他一厢情愿罢了。

程念根本不在乎他打了多少个电话，或许她根本不愿意接他的电话，因为能被她放在心上的只有她的余白哥。

顾余川握在手心里的手机振动起来，带来一股微微的麻意。他按了接听，是厨师培训班的老师打过来的。

“余川，课程快开始了，你来了吗？”

程念发现最近顾余川很奇怪，不仅不等她一起吃饭，连以往到点必发的信息也跟着没了。

思来想去，程念在十一点半的时候给顾余川发了条微信。

——今天去一食堂吃饭吗?

对方久久没有回复。

程念黛眉拧了拧，她刚才刷朋友圈明明还看到了顾余川的动态，难道她看错了?

为了证明自己没有眼瞎，程念又翻了一次朋友圈，她在众多信息里搜寻了好一会儿，才看到顾余川发的一条动态。

时间是两分钟前，配图就是一本书，旁边隐约能看到一台电脑，估计是在机房。

那顾余川就是看到了，不回复？程念觉得自己真是越来越不懂顾余川了。

机房就在她左手边不远的地方，拐个弯就到，她打算直接去找人，顺便看看顾余川上课的地方。

程念走到机房门口的时候，微信收到了顾余川的回复。

——抱歉，最近很忙，就不和你一起吃饭了。

忙个屁!

程念在门口盯着收拾课本的顾余川，一个女生在旁边等他：“顾同学，一起吃个饭吧。”

顾余川这么拽的人能跟你一起吃饭?

程念无声地翻了个白眼，使劲搓了搓自己的耳朵，又听见顾余川说：“一食堂的菜比较好吃，就去那儿吧。”

好啊顾余川，原来是在泡女人。

程念在心里鄙视了顾余川一番，转身离开机房。回去的路上，她给顾余川发过去几行字，用来表达自己的愤怒……以及祝福。

——顾余川，你这个见色忘友的男人！还说忙，原来是在跟妹子约会!

——算了，我就大人不计小人过，你们去吃饭我就不跟着当电灯泡了，吃得开心啊!

程念收起手机，她略微想了想，然后转身往二食堂走。

顾余川长指划过屏幕，收到程念的消息时眉头狠狠一皱。他下意识地左右看了看，没有看到程念的影子。

“顾同学，走吗？”

顾余川面色突然有点不好看，吓了那女生一跳。

“抱歉，你自己去吃吧，我还有点事。”顾余川把书一抱，连忙从机房里走出去。他给程念发信息，竟然提示“发送失败”。

手机停机了。

“操！”顾余川掩不住心底的恐慌，摁着突突直跳的太阳穴爆了句粗口。

程念收到回复的时候已经是半夜两三点，她正抱着一本芬兰语故事书啃。

白天上课的老师提及芬兰语，程念便从图书馆找了几本芬兰语书，但现实是，她连半个符号都看不懂。于是她一边翻一边拍照上网搜索，每次搜索，她都会感叹——浏览器真的是个很神奇的东西。

信息栏突然冒出两条短信的时候，程念正好在搜一段芬兰话的翻译，于是手一滑点了已读就进了收件箱。

顾余川躺在上铺翻来覆去好几次，下铺的男生终于忍不住出声问:“余川，你是不是跳蚤上身了？”

“滚！”顾余川心烦意乱，捧着手机根本没心情理他。

程念到一食堂吃饭总喜欢坐在朝南的那张双人桌的位置，顾余川总算见到了人。他走过去，意外地发现程念手臂边上放着一本书。

阴影笼罩下来，程念没来得及抬头，对面的位置就有人坐下去了。

看清来人是顾余川，程念皱着的眉头旋即松了松，她把嘴里咀嚼了很久的一口饭吞下去才忍不住开口问："没和你女朋友一起？"

顾余川淡漠的一张俊脸黑了黑："我没有女朋友。"

"咦？那你和她去吃饭，原来人没泡到啊！"程念发出"啧啧"两声，有点遗憾地叹了口气说，"真可惜，她长得还挺漂亮的。"

"她只是一个学姐，来机房帮忙代课而已。"顾余川观察着程念的神情，忍不住再加一句，"我和她没什么的。"

"那她约你吃饭？"程念似乎总卡在这个点上，对于吃饭这件事莫名执着。

"我和她在帮教授做研发的软件计算数据，所以来往多了一点。"顾余川舀了口汤喝下去，余光瞥到程念旁边那本书，出声问道，"那是什么？"

"淘宝上买的一本《自学芬兰语》。"程念放下勺子，兴冲冲地翻开那本书，第一页密密麻麻地记着几条字迹潦草的笔记。

顾余川眉心皱起："这一串乱码是什么？"

"发音啊，你看不出来？"程念把书合上，眼睛里跳跃着兴奋的火花，“我打算自学芬兰语，到时候跟余白哥对话你们就都听不懂了，想想就激动！”

顾余川眉心皱得更厉害：“你学芬兰语就为了跟他对话？”

程念点点头，才刚拿起勺子就发现顾余川沉着脸“噌”的一声端着餐盘起身，动静不小，吓得程念手一抖把一勺米饭又撒进了盘子里。

顾余川头也不回地走了。

程念觉得自己很无辜，她往嘴里塞了口饭压惊。

情人节那天刚好赶上下雨天。

程念按照惯例在床上赖了一会儿，听见手机铃声欢快地唱着，她伸手把手机捞过来，迷迷糊糊地贴在耳朵边上。

“喂？”

听到对方的声音，程念的瞌睡立刻消失了，甚至兴奋得恨不得穿着睡衣去操场上跑两圈：“余白哥？”

顾余白的声音还是很温柔，带着要溢出屏幕的笑意：“念念，你该不会忘了你还有个男朋友吧？怎么表现得这么惊讶？”

程念从床上坐起来，抱着怀里的毛绒兔子玩偶揉啊揉，下铺传来一道不满的抗议声，程念没理。

下铺的室友说：“全世界都弥漫着恋爱的酸臭味，只有我还散发着单身狗的清香，唉，人生啊……”

程念抱着玩偶傻傻地笑。

电话才挂不到十分钟，楼下宿管大妈的大嗓门就开始吆喝起来：“程念！五楼的程念同学！你在宿舍吗？”

程念从床上下去，在外面的走廊上探出头：“在！”

程念穿着凉拖和印着小草莓的吊带睡裙风风火火跑到楼下，在宿管室对着一束火红的玫瑰发呆。

这难道就是余白哥所说的惊喜？

程念捧着一大束玫瑰甜蜜了好一会儿，才点开顾余白的头像，她打出一段有史以来最肉麻的话，又仔仔细细地检查了有没有什么语法错误后，正打算发送出去，路过她身边的女生正在议论顾余川。

程念抱着玫瑰凑过去问了句“怎么了”，没想到真有人回答她：“计算机系大二的男神学长顾余川没想到还会做饭呢！我在宿舍铁门那儿捡到了他的厨师证，虽然是初级的，但是也很厉害啊！”

程念瞄了一眼厨师证，还真是顾余川的。

没想到顾余川竟然还有这本事，程念给顾余川打了个电话，那边不到一秒就接通了。然后程念在众人艳羡的目光中拿到顾余川的厨师证，身边围满了女生叽叽喳喳地问她和顾余川什么关系。

程念目光幽幽地落在证件第一页那张蓝底照片上，怎么觉得被人知道是男神学长好朋友的感觉那么好呢……

程念下午给顾余白打了个电话，那边音色温润，似乎还带着波罗的海浪潮的声音。

“余白哥，玫瑰花是你送的吗？”程念肩膀和脑袋中间夹着手机，手里打理着玫瑰花枝问。

“收到了？喜欢吗？”顾余白远在另一个国家，海风吹拂着脸庞，耳际萦绕着细浪拍打海岸的声音。

顾余白站在轮船上，眼睛里的温柔像是要把人溺毙其中。他脑海里总是跳出程念的影子，他说：“念念，我好想你，你不在我身边的每一天，我都在想你。”

程念抱着被子滚了滚，还是难以平复心头的激动。

室友约完会回来，手里抱着一束蓝色妖姬，神秘兮兮地凑过来递给程念：“念念，你的花，顾余白送的吧？”

程念皱眉，露出迷茫的表情，难道……余白哥准备的惊喜其实不是一束花，而是两束？

Chapter 4

意外总是比明天先来

顾余川特意在万能的淘宝上买了几大本芬兰语自学书，结合手机网络开始认真地学习芬兰语言。

当初有这个决定的时候，苏凡就开始嘲笑他，没想到顾余川居然是认真的。苏凡对着面前那些根本看不懂半个字的书，一脸惊愕。

“你要干什么？移民去芬兰？”苏凡感觉自己可能眼瞎看错了，不然他怎么看到顾余川已经开始做蹩脚的笔记了呢？

“学你的医吧！”顾余川头也不抬地回他。

“一直以为你只对计算机有兴趣，没想到你还有这个喜好。”苏凡从座位上站起来，颀长的身形立在灯下，他经过顾余川身后，“我还是回家继承我爹的衣钵比较靠谱。”

“嗯，毕竟你只跟精神病合得来。”顾余川盯着繁杂的字符看了好一会儿，才淡淡出声。

“你最好祈祷你生病时不要落在我手里！”苏凡咬牙愤愤地推开门走了。

程念找过来的时候，顾余川已经结束了一天的课程。他提着电脑走了一段，在楼下看到程念弯着腰逗弄着不知从哪里跑进来的流浪狗。

顾余川走到程念身后，程念都没发觉，她撕开香肠的包装，把一根香肠放在流浪狗面前，流浪狗一下就叼着跑远了。

程念直起上半身，看到顾余川时明显吃了一惊，她拍着自己的胸脯说：“你要吓死我啊？”

顾余川莞尔一笑，举手认输。

程念从口袋里掏出厨师证递给顾余川：“你什么时候学会做饭了？”

面前的人沉默了一下，才斟酌着说：“无聊，就去学了。”

“我好想尝尝你做的菜是什么味道，顾余川，你做几道给我吃呗！学校食堂的都吃腻了，好吃的菜窗口总排长队……”程念用手夸张地比画了一下队伍的长度，紧接着又露出一副可怜的神情，“打菜的阿姨总是手抖，明明那么大一份辣椒炒肉，她都能把肉给抖完，最后剩下一大勺辣椒。”

顾余川被小声告状的程念逗笑了，他说：“哪有你说的那么夸张？”

话虽这么说，顾余川仍旧把程念的话放在了心里，他开始在网站上找附近的房子，一连几天，他都奔波在校外看房，但总是不满意。

一个星期过去，他几乎把周围的小区看了个遍。被这件事连累的还有苏凡，他当时还在医院给人做检查，顺便偷学一下他家老爹的技术，结果被顾余川一个电话给轰炸了过来。

苏凡捶着自己酸痛的小腿肚：“你说你好好的宿舍不住，非要租什么房啊？又麻烦又费钱的。”

顾余川罕见地没有怼他，这让苏凡很吃惊。他在顾余川的脸上只看到了认真和坚定，连眉毛都散发着一股严肃的味道。

“先是芬兰语，后是租房的，顾余川，你不会是有喜欢的人了吧？”苏凡直起身体，越来越觉得自己猜测得八九不离十。

顾余川不回答，严肃的表情却有了松动的痕迹。

程念泡在图书馆很久了，她所在的芬兰话社团和友好邻团话剧社要表演一个新颖的芬兰话剧，连剧本都选好了，选的是风靡整个校园的小说《海》的片段。据说这本小说的作者就在校园里，为了不受打扰选择了隐姓埋名。

作为芬兰话社团里唯一一个根正苗红的新锐翻译，社长便对程念委以重任，让她担任《海》的翻译，负责把中文内容翻译成芬兰话内容，至于后期上台，就找几个语言天赋好点的去表演。但她学芬兰语也不久，很多都不能理解，所以即使小说只是节选，翻译起来也十分困难。

到了晚上饭点，程念的肚子终于发出了抗议。她原本打算去食堂吃，但是这个时候手机进了条消息。

——我在图书馆门口等你。

程念往上滑，发现几天前顾余川发的话，可能是因为之前和余白哥聊天，不小心清空了界面的联系人会话，所以错过了顾余川给她发的那些消息。

顾余川连发了几条，大意都是在澄清他和那个学姐的关系，程念点了关闭，心里纳罕，顾余川为什么跟她解释呢?

程念将打印出来的小说片段的稿子，和备注了笔记的资料一起收拾好，顺便还了几天前借的书，一切都处理好后才悠悠然地往楼下走。

“今天吃什么菜?”顾余川顺手把她手里的东西接过来，目光在首页的纸张上停留了一会儿才再度发问，“这是什么?”

“小说《海》的节选，要把它翻译成芬兰语，打算用来表演的。”程念简单说了几句，她捏了捏自己因为握笔太久而酸痛的手指，“要吃红烧鱼。”

程念跟在顾余川后面走了一段才发觉他们走的根本不是去食堂的路，她抻着脖子看了一眼，忍不住提醒道：“再走就出校门了。”

顾余川头也没回，步子依旧不快不慢。程念跟在他的身后，被他的影子笼罩着，感觉到了属于初夏的一抹阴凉。

程念一脸懵懂地被顾余川带去菜市场，各种水产品和倒挂在案台上的肉类，混杂着刚洒过水的果蔬，味道交织在一起变得格外难闻。

程念长这么大还是头一次进菜市场，很快她就被熏得面露苦瓜色。

顾余川递过来一张纸，程念拿纸捂着鼻子，尽量避开随时会碰到的东西，可被阻隔在外的腥气还是钻进了鼻腔。四周喧闹，有人抓着一把小葱和摊贩讨价还价。

他们在卖鱼的摊位前站定，顾余川蹲下身子，总显得和这里格格不入，可他看起来却很熟练，像是做了无数次这些事。

最后，顾余川提了一条大鱼，买好了葱姜蒜和辣椒，和程念一前一后走了出去。

程念贪婪地大口呼吸，像是水坑里濒死的鱼一样。

进小区、上楼、开锁，一切都无比自然地完成，看得程念目瞪口呆。她站在不大的客厅里，原地转了个圈。

“顾余川，你什么时候住在这儿了？”

厨房里传来“哗啦啦”的水声，顾余川忙着处理手中的鱼，但他仍旧抽出空来回答程念的问题：“前几天才租好的。”

像是为了防止程念再问，顾余川又加上一句：“最近要设计一款软件，在外面住清静一些也会更有灵感。”

“我怎么不知道你这么厉害？”程念抱着厨房的门框，看到顾余川系着灰色的围裙，白色衬衣的袖子挽上去一大截，露出白皙的手臂。

程念忍不住抬起自己的手臂，隔空和顾余川比对了一下肤色，愁眉苦脸地叹了一口气。

红烧鱼上桌，飘着的香味让程念忍不住垂涎三尺，顾余川盛好米饭，把围裙带子一解，随意地丢在了椅子上。

客厅墙壁上挂着的电子钟到了点，兴奋地唱起歌来。程念发觉顾余川长眉拢了拢，果然下一秒就见他起身，直接把电子钟的插头拔了甩在表盘上……

自从尝过顾余川的做饭手艺以后，程念每次跟顾余川的聊天也开始变得频繁。

程念开始“吾日三省吾身”——

早上吃什么？

中午吃什么?

晚上吃什么?

有了吃饭的地方，程念几乎每个周六周日都窝在顾余川的房子里。翻译的进度也在一点点加快，她的签字笔笔芯用完了，于是去顾余川的房间换了一支，看到他摊开在桌面的纸。

上面只有几笔简单着墨，可是每段故事却能展开不一样的世界。是存在于顾余川脑海许久的思路。

是顾余川最初定名为“Encounter”的软件。

遇见。

程念换了一支笔芯，再回到客厅，饭菜都已经上桌了。

“每天这么吃，我都胖了不止十斤了。”程念一边抱怨，一边将筷子伸向面前那一盘香菇炒肉。

顾余川倒了杯水，午间的阳光已经落到了桌面上。

他向来没什么表情的脸上晕开一抹温和的笑意：“那以后别来了，正好我省事又省钱。”

“你这人……心胸都狭隘到纳米级别了！”程念愤愤不平地吃了一口香菇，浓郁醇香的味道瞬间让她湮没在美食的海洋里。

顾余川现在庆幸的只有一件事，去学了烧菜。

为了不使自己无止境发胖，程念在校外一家健身房办了两张季卡，每天下午都要拉着顾余川去里面跑上一个小时的步。

天长日久，顾余川腹部出现了硬块。

程念不愿相信自己没什么成果，反倒让顾余川练了个好身材。为此，程念大受打击，化悲愤为食欲，饭量开始直线上升。

顾余川在图书馆找到人，每日例行的一句嘲笑还没出口，便发现程念在头顶瓦数不高的白炽灯下翻书翻得认真。

放在桌面的手机亮了好几下，大概是被调了静音，程念没注意，所以手机亮了几秒，又暗了下去。

顾余川站在书架旁许久，随意抽了本书坐在她面前的桌子上。他看了眼程念在做的东西，看到某一处时伸手指着纠正道："这里错了。"

"嗯？"程念从鼻子里发出一个单音节，她怎么不知道顾余川还有这方面的兴趣了？

接下来的时间，顾余川伏在桌面上，帮程念一起翻译那篇《海》。程念不明白的，顾余川知道；顾余川不懂的，程念知道，两人互补着翻译起来竟然格外顺利。

"顾余川，你怎么会芬兰语的？"程念两指夹着签字笔有一下没一下地转着圈，她稍微侧过头，就能看到顾余川清俊的侧脸和嘴角抿着成直线的一端。

“无聊，学着玩。”顾余川镇定自若地撒着谎，但紧握笔的手却泄漏了他的一丝慌乱。

好在程念没有怀疑和多想。图书馆关闭的前几分钟，程念和顾余川从里面走出来，各自抱着一沓翻译资料。

程念的脸上不小心蹭上黑色墨水，从嘴角蔓延至下巴。顾余川看了一会儿，履行了“每日一嘲”的职责。

“程念，你这样真的挺丑的。”

“顾余川，你这个只看外表的肤浅男人。”

程念走到宿舍楼下，把顾余川手里抱的那一沓资料接过来，她躺在口袋里的手机锲而不舍地响起，周杰伦的歌在大晚上一遍又一遍地唱着。

程念走进铁门，抽出一只手去掏手机，她的背影隐没在黑暗里，声音却仍然清晰可辨：“余白哥，还没休息呀？”

顾余川的表情变得阴暗，但他终究只能放下因为过于用力而被铁门划出痕迹的手。

程念，就算是在一旁守着你，我也愿意。

顾余白给家里打了个视频电话，他刚整理完行李洗完澡，发尾还有点湿。

赵青安非得把顾余川拉过来，说是兄弟俩半年没见了，让顾余川来看看，和哥哥说几句话。

顾余川刚从浴室出来，随便套了件短袖坐在沙发上，一副不情不愿的样子，对着视频里含笑的顾余白喊了句："哥。"

"我给爸妈还有你带了礼物。"顾余白从桌上顺过来几个礼物盒，"明天晚上就能到家。"

顾余川还没来得及拒绝那份礼物，赵青安就已经抢过话头："余白啊，妈明天就去买你爱吃的菜，回来就能吃上了。"

"妈，我想跟你商量件事。"顾余白突然严肃起来，顾余川正在抓头发的动作猛地一顿。顾余川直觉不会是什么好事，他不由得开始紧张，抓着毛巾的手不自觉地用力。

"我这次提前回来，是想跟念念求婚。"随着顾余白的声音响起，顾余川脑袋里好像有什么东西突然就断了。

"也好，念念那丫头性格不错，你们又从小一起长大，只是不知道她愿不愿意……"赵青安说着。

顾余白清浅的笑声隔着屏幕像是要溢出来："她会同意的，她前些天还跟我说起过这件事。我已经计划好了，我和念念先订婚，等她大学毕业，我们就结婚。"

顾余川走路有些摇晃，这句话总是回荡在他脑海里。

顾余川躺回自己床上，又想起程念。

程念那么喜欢顾余白，一定会同意的吧？可是他心里，怎么那么不好受呢？他喜欢了那么久的人，怎么转眼就要和人订婚了呢？

顾余川打开相册，一张张看下去，眼中柔情万分。

程念，我喜欢你，可你再也不会知道了。

第二天，程念赶在晚七点前到达机场，顺便还拉着顾余川，两个人坐在椅子上有一搭没一搭地聊天。程念坐在最显眼的地方，为了能让余白哥看到她，她出门之前特意换了件红色的裙子。

航班预计到达的时间已经过去，程念坐不住，一会儿站一会儿坐，把顾余川烦得不行。

正前方的巨大屏幕还在放着暑期神剧《还珠格格》，顾余川跷着二郎腿，视线却落在程念身上。他终于看不过去，起身把人按在座位上："坐好了，不就是航班晚点吗？"

程念有些坐立不安，她心里总是很慌乱。

"我右眼皮跳得很厉害……"

顾余川塞给她一包薯片，安慰道："再等等。"

晚间的气氛很压抑，浓黑的夜空没有一颗星星，就连平时最吵闹的夏蝉也好像噤声一般，躲进了树叶里。

不知不觉间，程念后背已经冒出了密密麻麻的汗珠。机场里依旧人来人往，空调一吹，她浑身打战。

“很冷吗？”顾余川皱了眉头，他去摸程念的手才发觉已经冰凉一片，他轻轻地握了握她的手，“别担心。”

手机铃声猝然在这个时间响起，程念感觉自己脑袋突然“嗡”了一声。

是赵青安的电话。

顾余川按下接听，那边的女声从听筒里传过来：“余川，余白应该是晚点了，还不知道晚几个小时，你们先回来吃饭吧。”

顾余川应了声“好”，然后起身对程念说：“我们先回去，飞机晚点一般会比较久，等吃了饭再过来。”

程念被顾余川拉着坐上了回家的车，心里一直有些不安。程家父母刚好出差了，顾余川不放心程念一个人在家，拉着她到了自己家。

门刚打开，程念就被突如其来的一巴掌扇得头晕目眩，她后退几步，脑子里一片混沌，眼泪猝不及防地落下。

“妈，你干什么？”顾余川也被吓住，他连忙去扶程念。

程念的右脸已经肿了起来，嘴角隐约藏着点红。她抬起头，看到赵青安愤怒地维持着刚才的动作，顾成则脸色苍白地坐在餐桌旁。程念当即心里便漏跳了一拍，她目光越过顾成，直直地盯着电视屏幕。

“最新报道，于今日上午十时二十六分左右，芬兰首都赫尔辛基飞往我国潼溪市一架型号为A331的飞机在飞行途中突遇强烈气流导致坠机，目前伤亡情况不明……”

程念现在什么都听不见，只知道两耳轰鸣。

“A331……”程念声音细如蚊蚋，喃喃地念了好几遍。

她拽着顾余川的手臂，像是急着寻求一个答案：“是余白哥坐的那架飞机的型号吗？”

顾余川显然也愣住了，听着电视里的报道，脑子里一片空白。

“余川你给我过来！要不是因为她，余白也不会遇上这种事！”赵青安拽着程念，呵斥顾余川让他远离程念。

程念挣扎着甩开赵青安的手，眼圈通红，喉咙哽咽着，好不容易才说出一句完整的话来：“赵阿姨，你什么意思？”

“余白要不是为了提前回来跟你求婚，怎么会飞机失事？”赵青安说着，又要去拽她。

顾余川眼疾手快地挡在程念面前，硬生生被赵青安抓花了脸。

“这怎么能怪她？飞机失事这种事谁能控制得了？”

赵青安大概第一次听到顾余川反驳她，心底猛地涌出一股怒意，一巴掌打在顾余川的脸上：“你个混账东西！出事的是你哥哥，你竟然还袒护她，你们兄弟俩都被她下了迷魂药了？”

程念脑袋里总是来回响起那篇报道，她抱着脑袋，感觉到顾余白的脸近在咫尺却又相隔很远。她不停摇着头，脚步后退，后背抵住了对门住户家的墙壁。

可是透过那面厚厚的墙壁，她好像听见那家的电视也在说这件事。声音似乎被无限放大，不管她怎样堵住耳朵，还是能听见。

余白哥……

程念是被顾余川送回家的，程家父母接到顾余川的电话连夜赶了回来。那时候程念已经把自己锁在了房间，谁敲门都不开。她颤抖着打开新闻，一遍一遍地看着视频。

已经有救援部队下海了，两百多名乘客现只捞到了几截残骸。程念陷入了前所未有的恐慌之中，她不知道有没有顾余白的在里面，她的余白哥……

时间一分一秒地过去，程念就这样挨到了天明。程家父母没有办法，只能把房门撬开。

程念的房间没开灯，灰蒙蒙的一片，她抱着手机蜷缩在角落里浑身发抖，一个劲儿地掉眼泪。她脸上的伤口还没有处理，疼痛已经麻木，发丝凌乱地贴在额头上，像是经历了一场艰难的浩劫。

徐紫安一下子就哭了，冲进去抱着程念，用下巴蹭着程念的发顶，低声安慰：“念念，这跟你没有关系，你不要自责。”

徐紫安说着，自己也心酸。她知道这件事的时候，还远在另一个城市，没有来得及第一时间陪在程念身边，让程念遭受了那么多。

“妈……”程念双目呆滞地盯着徐紫安，“余白哥还活着对不对？”

徐紫安捂着自己的嘴，把哽咽声吞了回去。飞机失事存活率那么低，只要发生，几乎……但她努力挤出一丝笑容来安慰程念：“对，余白还活着。”

程念抱着手机，号啕大哭。她看到了视频，飞机几乎整个从天上掉下去，“砰”的一声坠进碧蓝的海里。

那个画面像一张网，死死地困住了程念，她开始每晚做梦。

她总能梦到余白哥坐在飞机上，突然飞机开始左右摇晃，里面的人开始慌张大叫，可是没有用，飞机在空中失去平衡，直直地朝着大海坠去。

夜里总有人抓着她的手，像是余白哥的手一样温暖，那人在她耳边用温柔又缱绻的声音喊她：“念念……”

“余白哥……”

程念不敢醒过来，她怕自己一醒，余白哥就消失了。可是她等天亮起来，她的床边根本没有人。

搜救展开的第九天，海浪冲上沙滩的尸体残骸被找到。

顾余川看到面前几截断肢的那一刻，整个人好像被雷电击中，全身僵硬得不知该作何动作，他喉咙里像是卡了好几根鱼刺，才发现自己不知道什么时候已经泪流满面。

整个顾家被悲痛笼罩，被安排在殡仪馆的尸体遮盖着一块白布。赵青安颤颤巍巍地揭开那块白布，只一眼，便哭出声："我的余白……"

顾成抱着赵青安，眼底弥漫着悲痛。

顾余川不知该说什么，他好几次动了动唇，却发不出任何声音。

耳边哭泣声总是不停，这让顾余川不得不相信这是事实。前几天还通过视频的人，现在却了无生气地躺在自己面前。顾余川手指有些发抖，搭在白布上，大脑一片混沌。

殡仪馆外面有些吵，顾成去开门，发现门口站着颓废不已的程念。

"顾叔叔……"程念从干涩的喉咙里挤出几个字。

赵青安原本跪坐在地上，听见声音立刻撑着身体跑到门口："你还有脸来，你还我儿子来！"

顾成使劲抱住赵青安："青安，青安你别冲动，念念还是个孩子。"

顾余川突然吼了一声："吵够了没有？能不能让哥安静地走？"

程昱最终还是劝着程念回去了，他实在不忍心自己的女儿被人这样大吼大叫地指责。程念还小，她才大一，不能让这件事给她留下阴影。

可是程昱不知道，现在的程念，每晚都被噩梦缠身。

飞机坠毁、尸体残骸、赵青安突如其来的耳光，每一次，都会出现在程念的梦里，这是她一生也逃脱不了的梦魇。

黎明将至，却再没有什么能够救赎她。

程念夜里从家里溜出来，打车直接去了殡仪馆。明早顾余白的遗体就要被火化，程念捂着自己的嘴巴坐在后座，不知不觉早已泪眼蒙眬。她的右手虎口处被自己咬出了一排深深的牙印，下车时脚步踉跄。

程念推开门进去，只感觉到一股凉气扑面而来，她硬生生将自己的哽咽逼了回去。顾阿姨不让她看余白哥，她只能偷偷地进来。

她找到顾余白的位置，“扑通”一声脱力跪了下去。

“余白哥……”程念断断续续地叫了顾余白很多次，她颤巍巍地去揭开蒙在顾余白身上的白布。

被海水泡得发烂的皮肤散发出恶心难闻的味道，只有头和右手安静地摆放着，面容已经模糊得像是没有五官的怪物，她拼命捂住嘴巴，眼泪却止不住地掉下来。

她双手颤抖着去牵他的手，却在他残缺的手指上发现了一枚钻戒。和照片里的那枚一模一样，尽管被海水泡过，却仍然闪着光。

程念张开五指，和顾余白的手十指紧扣，她把脸贴在顾余白的手上，温热的泪水顺着手背滑落指尖。

顾余川在门口看了一会儿便抬脚离开，他在夜里没有人的街道上踱步，头顶的光线忽明忽暗，映照在他没什么表情却更显冷峻的侧脸上。最终，他坐在了小花园里的凳子上，扶着有些沉重的脑袋闭着眼假寐。

顾余川在程念出来后，打车跟着她坐的车回到家，目送她进入小区才放下心。

意外总是比明天先来，但是念念，你一定要坚强。

顾余川盯着 16 楼的阳台，有风吹拂着挂在栏杆上的衣服，摇摇晃晃的。

念念，晚安。

顾余白骨灰入土的那天，程念偷偷地跟在后面，一路到了墓园。

等所有人都离开以后，她才走近。

她散开的头发覆盖了半张毫无血色的脸，手里捧着一束路上采摘的野花，嘴唇枯白，嗫嚅着不知道在说些什么。

程念离开的时候，七月的天气居然变得阴翳，雷声猛然敲在心上，天空骤然下起了瓢泼大雨，淋了她一身。

徐紫安打开门，看到浑身滴着水的程念，心像是被人用针扎了一下又一下：“念念，你说你……”

到底是说不出责备的话，徐紫安转身去拿干毛巾。

程家人在这件事过去的第二天买好了补品上 17 楼，却被赵青安拒之门外，他们不得不又提着东西下楼。

晚间顾成来过程家一次，只说多包涵，坐了没多久，便叹着气离开。

程念如今最常做的事便是沉默和发呆，就连对着徐紫安和程昱也不愿意说话，时常对着墙壁，一坐就是一整天。

她没有心思吃饭，短短几天就瘦了一圈。做噩梦的频率也越来越高，时常哭喊着从梦中惊醒，然后再也睡不着，让程家父母心疼不已。

徐紫安为此还特意跟程念睡在一起，但是并没有用，只要有一点风吹草动程念都会立刻惊醒，最后整夜难眠。

最让程家父母担心的是只要提到顾余白，程念就会条件反射地后退，惊叫出声。

徐紫安开始绝口不提顾余白，她意识到事情似乎变得很严重，原本以为程念只是受了打击，过几天就会好，可情况却越来越严重了。

程昱带着程念去了镇上的医院，检查出她患上了创伤性应激障碍症，并且已经很严重，如果不及时治疗，后期可能会做出有关自残的事情。

程念双目呆滞地坐在冰凉的椅子上，根本听不见医生和程昱说了什么。医院里开着空调，冷气钻进程念的衣领，冻得她手臂上、腿上全是鸡皮疙瘩，她却像感觉不到似的，依旧沉默无言。

程昱开始和徐紫安商量着搬家，徐紫安抹着眼泪，两人很快地收拾好了东西。

搬家公司来得很快，程念被扶着坐上去，车厢里的味道差点让她呕吐出来。她极力忍住喉咙里翻江倒海涌上来的东西，扭头看向窗外时，眼眶已经开始湿润。

顾余川从芬兰回来时，下意识地按了 16 楼的电梯。

他去敲程念家的门，里面传出一阵窸窸窣窣的声音。不久，房门从里推开，一个剪着平头的男人探身出来，疑惑地问他："你是谁啊？"

顾余川惊了一下，才仔细看看门牌号，确认自己没有记错后，他问："这里……不是程念的家吗？"

不好的想法才刚涌现，又被他狠狠掐断。顾余川清楚地听见自己吞口水的声音，心跳开始加快，眨眼间他脑门上便冒出一串汗珠。

"哦，你是说程家啊，他们前几天把房子转卖给我了。"男人眯着眼睛笑的时候，脸上的肉一颤一颤的，看起来很是凶煞。

“那你知道他们搬去哪儿了吗？”顾余川急切地想知道程念现在在哪儿，他甚至无视掉了男人手臂上的龙形文身，抓着男人的双肩，“告诉我……”

“你这人有病吧？”可能是顾余川表现得太过激动，男人不复刚才的温和，语气不耐，“非亲非故的，我怎么知道他们搬去了哪里？”

顾余川似乎只听见了最后一句，他不知道程念在哪里……

他有种感觉，程念这一走，就不会回来了。

他打开手机，尝试着给程念发信息，没有人回他；他又打电话，听到了比平时听到最多的“您拨打的电话正在通话中”更让他难过的话：“您拨打的电话已停机。”

他失魂落魄地从 16 楼爬到 17 楼，短短百米的路程，他却走了好几分钟。

风从窗口灌进来，带着久违的一丝清凉。

顾余川再没有了程念的消息，她的手机号变成了空号，微信大约也不用了。

“你哥的东西都带回来了吧？”赵青安端着玻璃杯站在阳台上，云霞将天际染成彩色，落日的最后一点余光也不见了。

“带回来了。”顾余川声音突然顿了顿，他把桌子上的冰水一口饮尽，才又开口说话，“程念搬家了你知道吗？”

赵青安听到“程念”两个字，身形猛地震了一下。

滔天骇浪从心里升腾至脑门，赵青安随手把玻璃杯砸在顾余川脚边，剧烈的碰撞声把玻璃溅开的声音掩盖过去。

“顾余川，我警告你，不许再和程念来往！”赵青安说完，带着一身怒气回房。

赵青安是个很温柔的人，很少有什么事会让她失控，露出另外的一面。顾余川眼底暗了暗，拿过一旁的扫把，把玻璃碴儿一点点扫到一起，再用簸箕盛着丢进垃圾桶。

顾余川躺在床上，反复想着最近发生的事。

从小顾余白做什么都让着他，不管是吃的还是用的，一定会先给他留着，可是世事怎么能这么无常呢……

想着想着，他又想到了程念。

程念那么喜欢顾余白，现在一定特别、特别难受。

顾余川重返校园的第一件事，就是跑到程念的班级去。一天、两天、三天，无数天，顾余川满怀希望地来，再失望地回去。

他询问过程念的班主任老师，老师遗憾地摇摇头。

他也问过程念的室友，没有一个人知道程念去了哪里。

程念好像突然间，就人间蒸发了。

顾余川在这期间去找校长，才知道前几天有人替程念办理了休学手续，为期一年。根据校长的描述，那个人大概是程念的爸爸。

程念的父母也都换了联系方式，顾余川根本无从找起。

苏凡好不容易从医院出来，在落满了叶子的香樟大道上找到顾余川，他伸手搭上顾余川的肩膀，安抚道："你把她照片给我看看，医院人多，我帮你留意留意。"

"你诅咒她进医院？"顾余川拧着眉，眼睛里泄露出一抹不悦。

"别别别，兄弟，我可不是这个意思啊！"苏凡连忙把手举过头顶，样子简直不能再诚恳。

说归说，顾余川还是把程念的照片发给了苏凡。

苏凡看了一眼，忍不住赞许道："长得挺漂亮啊！"

顾余川头也没回地消失在道路尽头："记得发挥你的作用！"

啧……苏凡摇摇头，盯着照片里的程念看。

乍一看不觉得，细看怎么有点眼熟呢？

苏凡使劲想了想，也没想出什么所以然来。

Chapter 5

我大概……没救了

凌晨的道路上空无一人，夏季已过，秋天仍旧带着不少的热气。裹挟着几片落叶的风微微刺脸，顾余川在第三个路灯下停住脚步。

因为用力而微微颤抖的腿部肌肉终于放松下来，疲惫感随即涌出。顾余川靠着路灯喘气，细微的白雾迅速消失在空气中。

程念不在的日子，他开始跑步。

健身房的卡已经过期了大半年，他没去续费。

天色渐明，东方冒出了淡淡的金光。路上行人渐多，一个个神色匆匆像是着急赶去参加什么宴会似的。

顾余川随意地把肩上的毛巾取下来抹了一把汗，开始沿着马路往回走。

钥匙插进锁孔里发出“咔嗒”的声音，在极其寂静的楼道里显得格外清晰。

顾余川直接扎进浴室洗了个澡，然后浑身清爽地出来。打开笔记本电脑，开始噼里啪啦地敲出一行字。

软件的基本功能最终敲定，他端过已经凉掉的咖啡抿了一口，那苦涩瞬间蔓延到了心里去。

办公桌面上摆放着他从来不用的日历本，翻过很多页最后停留在现在的时间上。马克笔圈出来的日子已经过去了几天，他要等的人却还没有消息。

太阳逐渐升高，开始炙烤着大地。

走廊尽头的一间病房住着一位奇怪的病人，苏凡虽然不会路过，却也慢慢好奇起来。他在门外驻足，没一会儿他父亲从里面走出来，关门时他忍不住往里张望了一下。

却什么也没看到。

“你个兔崽子！这个点你不是该去给 108 号床的病人做手术了吗？”苏林元一巴掌拍在苏凡脑袋上，力道不小，疼得苏凡倒吸了一口凉气。

“主刀医生换人了。爸，这里面住的是什么人？”苏凡还想瞄，被苏林元伟岸的身躯挡了个严实。

“不该问的别问。”苏林元眉头敛下来，抬脚离开。

苏凡跟在苏林元的身后，时不时回一下头。

这个人在这里住了有一年了，刚来时房间里总是传出惊慌的喊叫声，他父亲是这个人的主治医生，一天总要花几个小时在这间房里。

究竟里面住着的人，是患了什么病呢?

苏凡回到自己的办公室，他手指间夹着一支笔，来回晃动了几次，才在纸上“唰唰唰”写下几个大字，递给坐在面前的患者。

苏凡下午下班时，又经过那条走廊，几乎是下意识地去看那间病房。原本紧闭的房门竟然打开了，苏凡不受控制地走过去。

房间里已经空无一人，床上的被子也叠得整整齐齐摆在床尾。

窗帘拉开，整间房都变得明亮。

这以后，房间里都没有住过人，大约是那人终于病愈，所以离开了。

潼溪大学大二生周末在学校附近的燕南湖边野炊，程念被安排去了林子里捡柴火。和她一起的还有一个长相美艳的女生，叫季晨曦。

两个人走了一段，零零碎碎捡了些干树枝。

“念念，要不你去那边，我去这边，分头找找还有没有柴火？”

季晨曦是程念的室友，平时也经常帮着她，两个人关系还算不错。

程念看了眼手里少得可怜的几根枯树枝，抿着一张缺少血色的唇点了点头。

林子静谧，很快隔绝了外面的声响。

树墩旁边的枯枝不少，程念蹲下身子，将个头稍大的树枝摞在一起，用一根枯藤捆起来。

她抱着半人高的一捆柴火刚起身，眼前便是一黑，好像世界都在旋转。她头重脚轻地走了几步，差点撞到树上。

架起了烤架的平地上堆着一捆柴，季晨曦把东西一丢，在原地呼呼喘气。等她环视一周，才发现程念根本不在。

季晨曦喊了程念几声，声音不太大，却让顾余川心里猛地一颤。

秦深深还在他身边咂嘴说这个好吃那个好吃，转个身发现顾余川人已经没影了。

“没劲。”秦深深摇摇头，顺手把烤架上的一串鸡翅拿下来吹了吹。

顾余川找到季晨曦，连气都没有缓一口，他说：“程念在哪里？”

季晨曦大脑当机了一下，她认识顾余川，大四的男神学长，无数女生的暗恋对象。季晨曦见过顾余川几次，但都是在人群中匆匆一瞥，这么近距离的接触还是第一次。

她有些愣神，手指指了一下旁边的那片林子。

顾余川已经跑了进去，穿梭在密林之间，叶片缝隙中投下来的光线让林子美得不可方物。

兴许，现在给他一个脏兮兮的垃圾桶，他也会觉得很美。

顾余川在树墩旁边发现了一个人，她晕倒在地上，顾余川轻轻地拍她的脸颊，声音温柔且缱绻："念念……"

程念再醒来，已经是在学校的医务室了。她撑着床板坐起来，有点不记得发生了什么事。

之前她明明是在林子里捡柴火，然后晕倒了，那么，后来呢?

后来被人救了回来，送到了医务室。

程念对着窗户外面蔚蓝色的天空发呆，一朵小云被风吹着换了地方，也变幻了形状，像只兔子。

她的出神没持续多久，有人推门进来。

程念偏了偏头，将视线从那只"兔子"身上收了回来。

"好点了吗? "顾余川端着一碗汤坐在床边，"医生说你身体太弱，所以才会晕倒。"

程念晃了一下神，像是有点惊讶顾余川怎么会出现在这里。她想起自己这几天，从报名找班级到进入宿舍参加野炊活动，头晕的次数确实多了一些。

“把这个喝了。”顾余川打开盖子，鸡汤的香味便飘了开来。

程念没吃东西，确实有点饿了。她拿着勺子，小口小口地喝汤。

鸡汤的味道有点怪，虽然她也说不上来到底哪里怪，一碗下肚，口腔里满是这个味道。

顾余川把东西收好，瓷碗和勺子碰撞发出的声响让程念下意识地投过去一个眼神。顾余川重新坐回床边，他盯着已经羸弱得不像话的程念，几次话到嘴边又咽下。

她下巴尖了不少，眼窝凹陷下去，浓重的黑眼圈在苍白的脸颊上格外明显。所以念念，这一年你到底经历了什么？

顾余川想说的话在脑海里转了好几圈，好不容易组织好语言，突然的敲门声却把他所有的话都打碎。

“念念你没事吧？吓死我了！”季晨曦把程念全身都扫了一遍，这才放心地跟顾余川道谢。

季晨曦拉着程念出了医务室，很快只剩下两个背影。

“念念，你和顾学长认识？”季晨曦还是没忍住问了出来。

“嗯。”程念应了一声，太阳晒在身上，那一片便有了痛感，好像脱了一层皮。

“那你和他是什么关系呀？”季晨曦走着，忍不住回头看一眼，顾余川仍旧站在原地。

“没什么关系。”程念闭了闭眼，绕过一个弯道，到了宿舍楼下。

下午程念和季晨曦去食堂打饭，朝南的座位已经被人占了，她不得不挤进闹哄哄的人群中。

坐下不久，有个男生径直在她们面前停下，将一碗撒了香葱的鸡汤放在程念面前。

季晨曦连忙摆手：“同学你是不是弄错了呀，我们没点汤。”

“是一位学长让我送过来的。”那男生说完，礼貌地走开。

季晨曦蹙着眉：“学长？顾学长？”

程念舀了口汤，被热气氤氲着的脸颊总算红润了一些。

程念在操场散步的时候，发现前面有个黑色身影，她想着要不要上去打个招呼感谢一下，那人已经似有所感地回头。

顾余川和程念坐在塑胶跑道上，面前时不时有人经过。

“怎么休学了？”顾余川理解程念为什么会搬家，甚至她换了联系方式他也能理解，唯独休学这件事，一向聪明的他也找不到理由。

程念似乎没想到顾余川会问，顿了一下才淡淡道：“出了点事，所以休学了。”

“是什么事，我可以帮忙吗？”

什么事？什么事呢……

顾余白所乘坐的飞机遇上强气流，在阴暗的空中翻转了几下，坠入海里，海水溅得比几个人叠起来还要高。

程念脑海中划过一张轮廓朦胧的脸，他已经没有了双腿没有了身子，溃烂的残肢藏在白布底下。

她脸色骤然变白，像是触电般整个人震颤了一下，慌忙起身，脑海里的画面还在放映。

“都是你！都是你害死了余白！”赵青安尖锐的话像刀子一样扎进她心里。最后，“啪”的一巴掌落在她的脸上……

程念连忙捂着脸颊，不住地往后退去，脚后跟绊到塑胶跑道的边缘凸起处，重重地跌坐在地上。

“念念！”顾余川连忙去扶她，可是他离她越近，她就越是摇头害怕得厉害。

“念念，我们订婚吧，我已经买好了戒指……”如同魔音绕耳般，顾余白的声音又再一次回荡在程念耳边。

喊声交叠着，让人分不清到底是顾余川还是顾余白。

“念念！”

“念念……”

“念念！”

“念念……”

程念几乎是逃回了宿舍，捂着双耳，这样就听不见那道声音。慌忙间眼泪已经在她脸上留下了无数道痕迹，她用被子紧紧地裹住自己。

她出了一身汗，被子被浸湿了一大块。

“都是你，就是因为你，余白才会死！”赵青安疯狂地纠缠着她，手掌在她脸上留下清晰可见的鲜红指印。

赵青安扑过来，乌黑的头发已经散开，像一个从地狱里出来的恶鬼，狠狠地、不顾一切地冲过来掐住她的脖子。

程念双腿在床上蹬了几下，窒息感越来越强。

“念念？念念？”

又来了……不要再喊了……

程念使劲摇着头，双手开始胡乱挥舞，冷汗顺着削尖的下巴融入在枕头散开的发丝中。

“念念，你醒醒。”有人在摇晃她的身体，就像赵青安抓着她的肩膀一样——“你把余白还给我，还给我！”

程念疯狂地挣扎，被子从身上掉下去，她几次弹起来，又被赵青安抓了回去。

“念念，醒一醒！醒一醒！”季晨曦着急地摇晃着程念，下铺的两个女生帮她把被子捡了起来。

宿舍里灯火通明，她不知怎的，像是看到了曙光，猛地挣脱了赵青安的钳制，睁开了眼睛。

程念知道，她又做噩梦了。

灯光熄灭，所有人又再一次进入了梦乡。

程念睁着眼睛，眼泪毫无预兆地流了出来。她从床边上的包包里翻出来一瓶安眠药，倒了两颗吞下去，又把瓶子藏在了枕头底下。

夜里很安静，静得哪怕再细微的声响她都能听见。她又爬起来，摸着黑找到手机，打开音乐播放器，塞上耳机。

药开始起作用了，意识逐渐远离。

周五的开学典礼过去，周六这天，天空骤然降下一场暴雨。

突如其来的凉意没能让程念快乐起来，她在床上辗转反侧，眨眼间冷汗已经浸湿了后背。

她摸到手机，她的手机从来不设锁，上面显示着时间。

中午十二点整。

因为偷懒没有吃早饭的后果便是胃病犯了。

程念捂着胃部，疼得眉眼皱在一起。即使是一双温热的手覆在胃上，也丝毫没有减轻一丝痛感。

“念念，你先起来喝点热水吧。”季晨曦从饮水机那儿接了杯热水。程念灌下去，依旧疼得直抽搐。

程念的胃病是什么时候得的？从他们举家搬到潼溪市开始，不，比那更早。究竟多早，她已经不想再追溯了，她现在疼得厉害。

“不行，你这样会疼死的。”季晨曦在门后拎了把伞，开门就冲了出去，“我去给你买点药。”

程念靠在墙上，看了眼外面的瓢泼大雨，有些无力地垂了垂眼睑。

电话响了，是谁打来的程念不太在意。

铃声反复响了几遍，才终于识趣地停下。

季晨曦在食堂买了份红豆百合粥，满满的一大碗快要溢出来。她把保温盒拎好，在食堂外的屋檐下撑开伞。

低头的瞬间，余光里撞进来一双锃光瓦亮的黑色皮鞋，西服裤的裤管贴着精瘦的腿部。

季晨曦抬起头，愣愣地盯着那人的脸：“顾学长？”

顾余川朝她看过来，显然对她有些印象。

说起来，他能再找到程念，还要感谢季晨曦。所以顾余川难得主动跟一个陌生人说了话：“来吃饭？”

季晨曦先是点点头，后又摇摇头，她举起手里的不锈钢保温盒说："我只是来给念念买一份粥。"

"她喜欢喝粥？"顾余川在心里暗暗地记下，准备回去研究几道粥的做法。

"不是，她胃病犯了，疼得厉害，我一会儿还要去医院给她买点药。"季晨曦说着，几步之外的地面上雨点溅着水花的弧度变小了一些。

雨势小了。

"她有胃病？"顾余川眉心微蹙，她以前没有胃病，又是这一年发生的事情。

"我跟你一起去吧。"顾余川离开屋檐，黑色的长柄伞并不好看，可是季晨曦却觉得像是在雨中开了一朵花。

季晨曦亦步亦趋地跟在顾余川身后，她的眼睛里装满了他高瘦颀长的身影。

买了几盒胃药，顾余川还觉得不满意，特意询问了开药的医生有什么是需要忌口的。等他把医生说的都记下来，外面雨都停了。

"能请你帮个忙吗？"顾余川收了伞，微微侧过头问她。

"啊？"季晨曦脑子里全是顾余川刚才温和地和医生说话的场景，回过神来，脸颊上飞快地浮现一抹绯红。

"你有微信吗？"顾余川脚步顿住，从兜里摸出手机，"我加你吧。"

等等——

顾学长说……要加她微信?

季晨曦反应慢半拍地拿出手机，在呆滞的情况下收到了好友验证。

“念念就拜托你了，这是她这段时间不能吃的东西，我写下来了，你只要提醒她就好。”顾余川发过去一张用便笺生成的图片，“那么，谢谢你照顾她了。”

“啊……应该的，我和念念是好朋友啊！”季晨曦感觉自己活在梦中，她用右手掐了一下左手心，疼意渐浓。

季晨曦斟酌了一下，才开口问道：“那个……顾学长，你跟念念，是什么关系呀？”

什么关系吗？他也分不太清。

“朋友吧。”顾余川的语气似遗憾似叹息。

程念吃过药、喝了粥，总算安稳地躺了下去。她面对着花白的墙壁，忽而又转过身对季晨曦说：“晨曦，谢谢你。”

季晨曦点外卖的手顿了一下：“没事，都是好朋友，说什么谢不谢的。”

何况，她也应该高兴才对。

季晨曦像是想起了什么，在程念快要入睡的前一秒开口：“念念，你和顾学长到底是什么关系呀？”

程念把薄被往上拉了拉：“如果非要说是什么关系的话，应该就是邻居、同学和朋友吧。”

现在，也已经不算是邻居了。

“那……念念，我打算追求顾学长。”季晨曦等了一会儿，也没听见程念的声音，她走近程念的床边，程念的呼吸都已经均匀绵长了。

宿舍里的其他两个人出去玩还没回来，季晨曦向来没有睡午觉的习惯，她连上宿舍里的无线网，躺在床上开始找礼物。

要以一个什么借口送给顾学长呢？

要送什么才能配得上顾学长呢？

季晨曦翻了翻顾余川的朋友圈，里面竟然空空如也。也对，男神学长怎么会像普通人一样晒吃饭睡觉呢？

季晨曦想着，手机突然动了一下。她看到备注，心里有一丝小雀跃。

——季同学，念念好点了吗？

季同学……季晨曦第一次觉得名字这样叫，也挺好听的。

——好点了，刚睡下。

顾余川总算松了口气，他把外套丢在沙发上，开始在网上查找一些养胃粥的做法。

季晨曦在宿舍楼下等顾余川，好几个女生从她身边走过去，她才等到了要等的人。

“顾学长，你有什么事找我呀？”季晨曦说话的时候，路过的女生一边用余光偷瞥着他们，一边艳羡着。

季晨曦嘴角扬起一抹笑，双手在背后摩挲着纹路清晰的宝蓝色礼物盒。

“你帮我把这个带给念念吧。”顾余川把保温桶递给季晨曦。

“这是什么？”季晨曦分出一只手来提保温桶。

“养胃粥。”顾余川道了谢，转身时被季晨曦叫住。

季晨曦在心里挣扎了好一会儿，才说服自己，送礼物的理由是“谢谢你上次陪我去买药”，很牵强，可是季晨曦只能想到这么蹩脚的理由。

“季同学，还有什么事吗？”顾余川扭过头，问她。

“那个，上次谢谢你……”季晨曦对上顾余川的眼睛，越说越没有底气。

“什么谢谢我？”顾余川蹙着眉头，让季晨曦没来得及说的话一下子哽在了喉咙里。好像，她真的没理由谢谢他。

季晨曦话头转了转：“没什么，念念让我谢谢你。”说完，把手里的盒子塞进顾余川怀里，然后捂着心脏狂奔上楼。

宿舍在六楼，季晨曦站在阳台上还能看得见顾余川笔直的背影。

她忍不住想象着顾余川打开盒子的样子，是惊讶还是欢喜呢？

她转过身，把保温桶放在桌面上：“念念，快来喝粥。”

“谁买的？”程念从卫生间里出来，脸颊上还挂着几颗晶莹的水珠，“你不是说下去见朋友吗？”

季晨曦脸上挂着笑：“我朋友买的，快吃吧。”

季晨曦当晚收到了顾余川的信息，整个人高兴得快要跳起来。

——我很喜欢，替我谢谢念念。

顾学长喜欢她送的礼物！

季晨曦选择忽略了后一段话，她抱着手机平复了好几次，又是站又是坐的样子让同宿舍的其他人打趣了好几回。

程念坐在床上，就着水把晚上小分量的药吃下去。

她的病还算稳定，经过一年的治疗已经好了很多，只是仍然需要定时吃药。发病的次数也变少了，除了上一次比较失控……

程念想着，脑袋放空开始出神。季晨曦突然凑过来，踮着脚趴在程念床边的栏杆上：“念念，明天陪我去逛商场吧？我想买点东西。”

“好。”程念捋了一下鬓角的头发，轻声应下来，她也很久没有去过商场了。

已经入秋，天气终于变得凉快起来。

被清扫过后的深色马路上没有一片叶子，轰鸣的洒水车高调路过，将地面打湿，整个路上都散发着一股无法言说的味道，却并不难闻。

万达商场总是挤满了人，中央的旋转楼梯上有不少情侣在凹造型自拍。

季晨曦拉着她往卖德芙的地方跑，停下时程念脑子里已经有些眩晕感了。她站在季晨曦旁边，偶尔季晨曦会跟她说几句话，问问她哪种巧克力更好。

程念多数时候都安静地看着，她的视线在四周打量着，最后落在不远处的一个卖银饰的柜台。

仿佛有什么东西迅速击中心脏，她瞳孔猛地收缩了一下。

隔着人墙，她还能看到那枚戒指闪着光。

余白哥……

“念念，我看到一枚戒指很漂亮，我把它买下来了，用来向你求婚怎么样？”

“念念，我们先把婚事定下来……”

“最新报道，于今日上午十时二十六分左右，芬兰首都赫尔辛基飞往我国潼溪市一架型号为A331的飞机在飞行途中突遇强烈气流导致坠机，目前伤亡情况不明……”

程念眼眶一红，猛然间落下泪来，直直地砸在砌着瓷砖的地面上。

“念念……”

“念念……”

程念堵住耳朵，那声音还是会从四面八方涌进来。

怎么也躲避不了，尸体、责骂、巴掌，压得她喘不过气来。她突然尖叫了一声，引得所有人驻足观望。

“不，不是我！”程念抱着脑袋，一步步后退以远离那个柜台。中途踩了谁一脚，她已经顾不上了，只拼了命地往外跑。

风灌进耳朵里，明明打乱了周围的声音，可她还是听见赵青安裹着怒气的声音，剜进她心里：“程念，都是你！都是你害死了余白！”

程念摸出药瓶，将随身带着的几颗药一口塞了进去。没有水只能干咽下去的药丸卡在喉咙里，苦涩瞬间溢满了整个口腔。

脑子不受控制地、一遍一遍地回想着顾余白说的话，她把自己蜷成一团，在街边的角落里瑟瑟发抖。

路过的行人偶尔会可怜她，在她面前丢下一两枚硬币。

“铮——”的响声一下子牵动了程念的神经，她仿佛听到戒指从顾余白的手指上掉下来，敲击着瓷砖的声音。

“念念，念念……”有一道声音破风而来，萦绕在程念耳边。

顾余川似来得匆忙，身上穿着得体的西装，用浑身的温热裹住了她发抖的身体：“念念，不要怕，有我在。”

程念口中念着什么，眼神不断躲闪，嘴唇被她猛地咬破，殷红的血珠便溢了出来。腥甜的味道在舌尖炸开，仿佛赵青安打了那一巴掌后的味道。

她突然想跑，用力推了顾余川一下，但是没有推开。

顾余川抱得更紧了，他用下巴蹭着程念的发顶，双臂大力圈住她。路人看一眼又走开，眼神像是怜悯又像是不赞同。

程念哭着哭着，声音小了下去。

也许是药物起了作用，也许是顾余川的怀抱太温暖，她逐渐安静下来，呼吸开始变得规律。

季晨曦狂奔过来，长舒了一口气。她扶着程念，小心地问：“念念，还好吗？”

程念点点头，声线还有些不稳：“我们走吧，我想回去了。”

季晨曦下意识地看了眼顾余川，只见顾余川点了点头，这才搀扶着程念往回走。

毕业论文的选题敲定，顾余川将桌面上的冷饮一饮而尽。他起身接了个电话，然后将沙发上的西装外套披在身上，开门、落锁。

汽车经过一个拐角，顾余川意外地在后视镜里看到一个穿着白色短袖的身影。

脑子里还在思考要不要跟上去，身体却先一步有了动作。汽车不紧不慢地跟着程念，最后停在一家医院门口。

长海医院。

顾余川蒙了一秒，才猛地一捶方向盘，苏凡这个贱人！

程念畅通无阻地到了那间住了一年的病房，才发现苏林元已经坐在里面了。她在苏林元对面的椅子上坐下来，把最近发生的事一字不落地讲给苏林元听。

苏凡在门外蹲得久了，双腿开始发麻。他听了个大概，在里面传出椅子拉动的声音后，他赶忙拖着酸胀的小腿离开。

苏凡在医院楼下看到顾余川的车，拉开车门坐在了副驾驶的位置上，他喘了一口气，还有些不满道："顾余川，连瓶水都不给买？"

"你信不信我一拳头……"顾余川作势抡起拳头。

"信信信！"苏凡举手投降，"程念原来就是在那间单人病房住了一年的人，我听到他们在说'创伤性应激障碍症'的事情，程念看样子是得了那个病，所以在这里治疗了一年，近期才出院的。"

"她在这里住了一年你怎么不早点告诉我！"顾余川又抡起拳头，扯过苏凡白大褂的衣领。

苏凡用手挡着脸：“冤枉啊！她一直是我爹亲自负责的，我哪能知道她的身份！”

顾余川的拳头离苏凡的脸只剩下零点几毫米时，视线里突然闯进来一个人，他立即就松开了苏凡，看着程念从自己的车子旁边经过。

“今天就先放过你。”顾余川把苏凡赶下车，连忙倒车驶出医院大门。

苏凡摸了摸鼻子，再整理了衣领，认命地哀叹：交友不慎。

程念，你到底经历了什么?

程念走得慢，像是在思考什么问题。

他用手机百度搜索出了创伤性应激障碍症的词条，一拉到底，看得快却十分认真。

视线停留在最后一段——

创伤性应激障碍症主要表现为反复发生创伤性体验重现、持续回避、入睡困难……

顾余川猛地想起程念前几次失控发病的样子，眼底划过一丝心疼。

是因为顾余白吧?

顾余川心里涌上几分酸涩，把手机放在一边，抬头看见快走到路口的程念，几乎吓得心脏骤停。他连忙打开车门跑了过去，把即将过马路的程念拉住往后一带，面前驶过一辆接一辆的汽车。

程念回过神，有些茫然地看着他。

“现在是绿灯。”顾余川抓着她的手臂紧了紧，嗓音含着一丝暗哑。

程念盯着头顶上的绿灯看了好久，才抽出了自己的手，说了一声：“谢谢。”

“跟我客气什么，我送你回去。”顾余川盯着自己僵在空中的手，眼底暗了暗。他故作冷静地收回手，不动声色地走在程念左边，将车流挡在身侧。

为了能和程念多走一段，顾余川甚至将车上了锁停在原地。等程念进了宿舍楼，他才忍不住低叹一声——。

程念，我大概……没救了。

顾余川开始每天往长海医院跑，苏凡刚开始几天还挺兴奋，后来便麻木了。他给顾余川端了杯凉开水：“说吧。”

“有没有什么办法能让念念痊愈？”

顾余川每次来都要问这个问题。

苏凡两手一摊：“我估计只要不让她接触跟那些记忆有关的东西，病情应该就会稳定。”

程念治疗了一年，整体已经比刚来那段时间好了许多，苏凡至今想起一年前房间里传出的叫喊声都会呼吸一滞。

顾余川暗暗记下，驱车离开时，苏凡忍不住长吁了一口气。

桌面上的绿色盆栽蔫蔫的，叶子尖儿有些微黄，他拉开遮挡着阳光的米色窗帘，办公室里立刻被柔光充盈着，变得温暖起来。

顾余川最近尤其忙碌，公司选址、软件测试，还有程念。他开始学校、医院、市中心三处地方来回跑，只有到凌晨才能休息。

程念接完程昱和徐紫安打来的电话，才发觉自己的安眠药没有了。为了避免再出现不能入睡的情况，她从苏林元那儿开了处方拿了安眠药。

她在校园熙熙攘攘的人流里徘徊了几分钟，才抿了抿唇，抬脚往食堂走去，但她没想到会在食堂碰到顾余川。

食堂里的饭菜口味一般，她现在很少在食堂吃饭，多数时候都是点外卖。她端着盘子往回走，被拥挤的人不小心推了一下，眼看就要摔下去，是顾余川眼疾手快地拉住了她。

口袋里的安眠药掉出来，白色的瓶子在食堂里发黑而油腻的地面上显得刺眼无比。

顾余川弯腰将瓶子捡起来，目光扫过瓶身上的小字，整个人都有些愣怔。

程念把盘子放在旁边的桌子上，一把抢过药瓶。她脸上露出慌乱的神情，连刚打好的饭菜也不吃了直接往外跑。

像是身后有洪水猛兽，程念快步回到宿舍，背靠着房门捂着怦怦直跳的心蹲下。

季晨曦在打游戏，手机里的声音噼里啪啦的。见是程念，她一边操纵着游戏人物一边问："念念，你不是去买感冒药了吗？"

"啊……我突然想起，我的感冒已经好了。"程念眼睛里的慌乱跑出来，幸好季晨曦忙着打游戏没回头。

"这样啊，那你自己好好注意，晚上被子盖好。"季晨曦说着，听到程念低低地应了一声，便继续打游戏了。

季晨曦是在一局游戏过后收到顾余川的微信消息。

——季同学，麻烦你帮我注意一下念念。我今天看到她买了安眠药，请你帮我找找她放在哪里，然后带出来，我晚上在校门口等你。

安眠药?

季晨曦诧异地张着嘴，回头看了一眼专心点外卖的程念，觉得有点不可思议。

安眠药是多危险的东西啊！季晨曦不动声色地在键盘上敲出几个字回复过去。

——好的，顾学长。

晚上他们班是班主任守的两节自习课，季晨曦把班级群里的课表看了几遍，才狠狠吸两口气稳住自己乱跳的心。

“念念，今晚自习课你能帮我跟班主任请个假吗？”

季晨曦扭过头，程念刚好把手机放下。她一边往卫生间里走，一边回应：“怎么了？”

“就是有点不舒服，想在宿舍里休息。”季晨曦听见脱衣服的声音，隔着雕花的玻璃只能看到程念的影子。

“好，你多注意。”程念打开花洒，热水从头淋至脚尖，她喟叹一声，每个毛孔都舒张着。

她在里面泡了很久，外卖都是季晨曦帮忙接的。

早出的月亮和未落的太阳一齐挂在天上，程念看了看表，和其他两个室友先去了教学楼。

季晨曦跑到阳台，目送着程念离开，这才爬上程念的床。

被子叠得很整齐，床单颜色也清新，但这都不是季晨曦要注意的。她从程念的枕头底下翻出一个硌手的瓶子，看清楚上面的字后更加吃惊。

原来顾学长说的都是真的。

季晨曦没敢多留，连忙关上宿舍的房门，往校门口跑。顾余川果然在那儿，他立在树下，手机屏幕的光照着他清俊的脸。

季晨曦心脏突然漏跳了一拍，怕顾余川等得太久，她快步走去："顾学长。"

瓶子里的安眠药数量不少，不知道程念以前吃过多少，顾余川眉心紧紧蹙着，浑身散发出骇人的冷气。

季晨曦摸了摸手臂，担忧地说："顾学长，现在怎么办？"

"丢掉她一定会怀疑的……把里面的药换了吧。"顾余川凝着表情，显然也没想好能把安眠药换成什么。

程念上完自习课回来，刚好碰到换完药的季晨曦。季晨曦多少有些心虚，口袋里抓着药瓶的手紧了又紧。

像是怕程念问起，季晨曦说在外面透透风，然后便一头扎进了浴室。她没有脱衣服洗澡，在里面犹豫着怎么把东西放回去，外面的室友开始催她速度快一点，她应了一句。

手里的两个药瓶截然不同，里面的药丸却已经互换。季晨曦咬了咬牙，用冷水洗了把脸后出去。

程念还没有上床，季晨曦吞了口唾沫："念念，我不太舒服，你能帮我去阳台上取一下衣服吗？"

程念也没怀疑，径直就朝外面走。

房间里只剩下一个室友在卸妆，根本顾不上她，季晨曦踩着铁栏杆，用身体挡住大半，迅速把瓶子放回了原处。

她拍了拍自己的胸脯，额角上渗出细密的冷汗。

季晨曦躺在床上，翻来覆去睡不着。和她一样睡不着的，还有程念。

程念下意识地去摸安眠药，季晨曦听见她倒药的时候发出的轻微声响。

不一会儿，程念睡了过去，季晨曦却依旧无眠。她拿起手机，发现顾余川不知什么时候发了信息给她。

——她睡了吗?

——睡了。

Chapter 6

相亲

程念最近找了一份兼职，主要是帮人翻译名著。工作稳定，酬劳不低。她每天要做的事多了起来，没时间去想其他的事情，病情便也稳定下来。

空闲的时候，程念通常都窝在图书馆。里面安静，不会有人打扰，程念工作越发起劲。她抽空瞥了季晨曦一眼，忍不住笑出声问："你是不是谈恋爱了？"

季晨曦反应慢了半拍："啊……为什么这么说？"话才说完，脸颊便浮现两朵红云。

"你玩手机发信息的频率越来越高了，还总是对着屏幕笑眯眯的。”程念没抬头，笔尖摩擦着纸张，留下娟秀的黑色字迹。

季晨曦还想说什么，被调低的提示音又响了。

——已经十二点了，念念吃饭了吗?

季晨曦看了眼时间，刚好十二点。她想回复顾余川，可是蓦然看到昨晚的记录。

她睡了吗?

顾余川似乎，每次找她都是因为程念。

她睡了吗?

她吃饭了吗?

她按时吃药了吗?

她晚上睡觉还做梦吗?

季晨曦不信邪似的，像是自己跟自己过不去，她把聊天记录都翻了出来。

对，每一次，聊天都是因为程念。

季晨曦心里五味杂陈，目光复杂地看了程念一眼，微信里又跳进来一条信息，三个字的称呼。

——季同学?

对，季同学。顾余川尽管和她的联系不算少，可称呼永远都是季同学。季同学和念念，一定是念念更重要啊！

她停在聊天记录顶端的手指僵住，冰冷一点点爬满全身。

“晨曦？晨曦？”程念捏着笔杆的纤细手掌在她眼前摇晃了好几下，才把她从神游的状态拉回来。

“我饿了，我们去吃饭吧！”程念开始收拾东西，然后背着包站起来，“今天去校外的煲仔饭店里吃吧？”

“你自己去吃吧，我没胃口。”季晨曦脸色不太好，拉开座椅起身，直接把程念丢在身后。

程念在原地愣了一会儿才后知后觉地“哦”了一声，只是季晨曦没听见。

程念打包了一份饭菜带回去，但是季晨曦不在宿舍，等她回来，饭菜已经凉了。

季晨曦是带着一盒月饼回来的。

她盯着桌子上的饭看了半晌，心里的气突然消了一点。她把月饼放在桌子上，程念从阳台上探出个头。

程念搬了一张方桌到阳台上，自己坐在小板凳上工作，听见开门声才分心投过来个眼神。

“晨曦你买了月饼啊？”程念视线在月饼的包装盒上停留了一下，似想到什么，她摸出手机在网上观察附近花店的评分。

季晨曦心情刚好一点，此刻脸又沉了下去。

顾余川找她，特意和她在商场买了程念最喜欢的口味的月饼。可她陪着顾余川选了那么久，什么也没得到。

一句问候都没有。

季晨曦有些不平，可她不能在顾余川面前表现出来。她跟着顾余川挑挑选选，跑了好几个超市，最后跑到商场，才买到螺旋藻口味。

所以凭什么她那么辛苦却什么都没有？程念坐在宿舍里风不吹日不晒的，最后却还能得到别人精心挑选的礼物？

季晨曦越想越气，打开礼品盒，撕掉塑料外包装，泄愤似的狠咬了一大口。

顾余川的信息来得及时。

——她吃了吗？

季晨曦咬着月饼，分出手指来打字。

——吃了，她很喜欢吃。

中秋节当天，程念回了趟家。知道她要回来，程昱和徐紫安做了一桌子菜。

他们现在住在潼溪市市中心的公寓里，距离程念的学校也就一个小时的路程。程念回到家，欢欢喜喜吃了顿饭。

程昱问起学校的事，徐紫安问的却是生活。两人绝口不提顾家人，只是隐晦地问一句：“身体怎么样了？”

程念点头：“挺好的。”

“那就好。”徐紫安心中大石落地。

程念回到房间，将压在箱底的那张合照翻了出来。她把照片贴在胸口，恍惚间还是顾余白在的时候。

程念在徐紫安和程昱的陪同下又去了一次长海医院，苏林元总算笑了出来：“你这丫头还真顽强，现在发病次数越来越少，后期按时吃药，不受大的刺激，就会好的。”

程念做了一番思想斗争，最终踏足青城镇，她在花店里买了一束淡黄色的菊花，打车去了墓园。

她蹲在顾余白的墓前，脑海里有什么东西迅速跳出来。可是她不想再管了，她盯着墓碑上“顾余白”三个大字，心脏骤然紧缩。

“余白哥，我来看你了……”程念双唇颤抖着念出那三个字，眼泪瞬间砸在地面。

她把还算新鲜的菊花放在顾余白的墓前，然后抱着墓碑泣不成声。

“余白哥，我好想你……”

程念哭够了，才突然发觉身边悄无声息站了个人。她顺着男人的裤管往上看，发现顾余川背着光盯着她。

“擦擦吧，挺丑的。”顾余川还是那个恶劣的顾余川。

程念接过手帕纸，在脸上抹了几把。

顾余川把东西放在顾余白的墓前，修长的手指在墓碑上划过顾余白的名字，眸里藏着一抹悲哀。

“等一下要去哪儿？”顾余川扭过头问她，微微眯起的眼睛刚好掩藏了他所有的情绪。

程念眼睛还泛着红，她努力调整着自己紊乱的呼吸，说出口的话还夹杂着哭腔：“回学校。”

“我送你吧。”顾余川站起身，带着程念往外走。

顾余川的车停在墓园外，程念拘谨地坐在副驾驶的座位上，手指不停地绞着安全带。

顾余川看一眼，笑了：“怎么对着我都那么拘束了？”

程念想起自己这几个月，确实对顾余川能躲则躲，大概是害怕见到顾余川再想起那些经历。她现在想起来，忍不住也笑出声。

她说：“顾余川，对不起啊。”

程念在假期的最后一天回到了学校，她在校门口的米粉店里点了一份米粉，热气蒸得她鼻尖有点红。

店内的装潢是程念喜欢的类型，她盯着墙壁上的一条细细的线看了好久，直到老板把饺子端了上来。

程念连忙摆手："我没有点这个。"

"我知道，小姑娘。今天店里搞活动，第八十八位客人免费赠送一份饺子。"面容和蔼的老板娘跟她解释。

程念忍不住出神，盯着墙上的那条缝，问："这怎么有条裂纹啊？"

"前几天隔壁搞装修，不小心就弄成这样了。"老板娘叹了口气，无奈地说，"我还在愁这件事呢！"

"老板娘，或许你可以把墙上那条弯曲的缝隙当作一根树枝，在旁边点缀些桃花。"程念伸出手指勾勒着想象中的画面，蹙着的眉一下子就松开了。

"说得对啊！"老板娘恍然大悟，感激地看着程念，"谢谢你呀小姑娘，经常有客人说墙壁上的裂纹不好看呢！"

你看，裂缝能开花，绝地之处也能重生。

程念去做复查的时候，苏林元给她开了两个月的药。

满满一袋子西药丢在床上，程念把之前余下的几片药就着水咽下去。她在最常用的外卖软件挑选许久，才确定了中午吃什么。她点了一份辣椒炒肉，那家店还送一瓶柠檬茶。

季晨曦满头大汗地回来，脸上的妆被汗水晕染得有点花。

她直接绕过程念，把手中提的保温杯放在桌面上，又将宿舍里的落地风扇打开，吹了好一会儿，才睨了程念一眼。

程念本来想问问季晨曦去做什么了，可是她的手机突然响了起来。纯音乐钢琴曲在安静得只剩风扇声音的宿舍显得格外刺耳。她一边接电话，一边打开房门往楼下跑。再回来时，季晨曦已经开了水龙头在洗脸卸妆了。

一次性塑料饭盒温热，打开便冒出饭菜的香味。程念特意点了两人用餐，她把两份饭放在桌子上，招呼季晨曦过来吃："晨曦，吃午饭了吗？我点了两人份。"

开着水龙头，季晨曦用冷水胡乱地洗了把脸，她抬头盯着镜子里面的自己，整张脸上布满大小不一的水珠。口红早就晕染开来，看起来像是张着要吃小孩的血盆大口。

手机被丢在摆满了化妆品和护肤品的架子上，原本暗淡的屏幕突然亮起。

——那份粥她喝了吗？

对，一份粥。

屏幕因为季晨曦没有点开而暗下去，她决定晾着顾余川。

季晨曦从浴室出来，脸上的妆已经洗干净，露出一张干净清爽的脸。

“晨曦，吃饭吗？”程念又问了一遍。

季晨曦把回来时随手放好的保温杯打开，将温热的粥倒出来，一勺一勺地往嘴里塞：“不用了，我男朋友给我煮了粥。”

程念点头表示理解。

同宿舍的其他两个人也都有男朋友，吃饭时常是这样。程念夹了块辣椒，顿觉胸口烧起了火。她喝了口饮料，才把辣意压制下去。

入夜，程念躺在床上，突然就有了睡意。可她没有立即睡着，她点亮手机屏幕，在联系人一栏找到了顾余白。

她点开，像是突然想到了什么主意，手指开始动作。打出来的字删了写，写了删，好不容易才打出一条完整信息。

——余白哥，你在那边还好吗？迟来的节日快乐。今天吃了外卖，没有你做得好吃，送的饮料也不如你调配的好喝……余白哥，我很想你。

明明知道不会再有回复，程念却还是固执地等了很久，直到窗外明月被乌云覆盖，直到室内所有人都进入梦乡。

程念放下手机，睡意已过，所以现在不能更清醒，她下意识地摸了颗药吞下。

夜风温柔，挂在阳台上的风铃叮当作响。

程念难得起了个早。

食堂的饭菜虽然不怎么样，但是早上的营养粥却是刚熬好的。吃多了外卖，程念已经快要忘记食堂长什么样子了。

各种各样的粥看得她眼花缭乱，半天也选不好，她在心里默默地念了一遍“点豆豆”，最后视线落在黑米粥上。

一碗盛好，程念转个身，差点撞到身后男人的胸口。

顾余川脸色不太好看，程念不知道为什么。

“你没吃早饭？”顾余川坐在她身边，眼神越发深邃。

“在吃。”程念没明白顾余川怎么会问这个问题，明明自己就坐在他身边。

“我的意思是，除了这个，你没吃到其他的？”顾余川绷着脸，像要打人。

程念眼底布上迷惘之色：“没有啊。”

顾余川下意识想要拿手机，又顾及程念在身边，只好忍住。如果他没记错的话，季晨曦亲口答应了他，会负责把早餐送到程念手里。

程念发现顾余川的黑眼圈很重，一副没睡好的样子，于是疑惑地看了他一眼。

“最近很忙？”程念斟酌着开口。

对于再见面后，程念第一次主动问他，顾余川感到很惊讶。惊讶之余，紧绷的嘴角终于忍不住展开一抹弧度。

“还好，在忙公司和软件的事情。”顾余川垂着眼睑，只他下巴高的少女美好得不像话。

程念看了眼时间，抱歉地说：“我要先去上课了。”

“我送你。”

程念和顾余川一前一后地走在去教学楼的小径上，太阳升高，阳光柔柔地洒在他们俩身上。

程念在楼下遇到季晨曦，她跟季晨曦打了个招呼，但看到季晨曦表情有点不自然，想说的话没说出口，旁边的顾余川催她上楼，说有事要跟季晨曦说。

程念一头雾水，还在奇怪这两个人怎么会有联系，但她还是一步三回头地上了楼。

季晨曦心里一沉，藏在身后的手绞在一起。

直到程念的身影经过一个拐角，慢慢远离了视野，顾余川才将目光收回来。他恢复了一贯的淡漠表情，薄薄的双唇动了动：“你没把东西给她？”

虽然在询问，顾余川却已经知道了结果，语气里多了几分肯定。

“是，我没有给她。”季晨曦绞着的手握成一个拳头，指甲陷入掌心里，“这件事是我不对，但是顾余川，你有没有想过我为什么会帮你？”

顾余川愣了一下，眼底随即浮现出几抹复杂之色，想通之后，他的脸色阴翳得厉害。

“我喜欢你，顾余川，所以才会答应你提出的要求。”季晨曦不躲不闪地和顾余川对视，心底那丝怯懦被强撑出来的冷静一再压榨，“一切都是因为我喜欢你。”

顾余川将唇紧紧抿着，脸上没有一丝多余的表情。他为了程念而拒绝的人多了，只要那人不是程念，他几乎都不会考虑。

“抱歉，是我没考虑周到，麻烦了你那么久。”顾余川的表现让季晨曦一颗心瞬间沉到谷底。

“你不考虑一下吗？喜欢一个不喜欢你的，和喜欢一个喜欢你的……”季晨曦企图说服顾余川，但她越是着急，越是口齿不清词不达意。

她几乎想一巴掌呼死自己，为什么关键时候却说不出自己的意思，眼看顾余川越来越不耐烦，自己却仍旧张着嘴巴说一些自己也不理解的话。

“季同学，还是要谢谢你之前替我照顾念念，之后就不要联系了。”顾余川抿着唇，转身朝机房走去。

季晨曦不可置信地站在原地，她不帮他，就连朋友都做不了了吗?

起因是程念，结束仍旧是程念。季晨曦攥着拳头上楼，课程早已经开始了。

路过程念时，季晨曦冷哼了一声，让程念不明所以了许久。

程念在小卖部买了季晨曦爱喝的饮料，她抱着一沓翻译资料空出手拿饮料，走得艰难无比。

回到宿舍时间还早，下午没课，宿舍里只有季晨曦在。

“晨曦，喝饮料吗？”程念抬起胳膊用衣袖给自己抹了把汗，然后把资料放在桌子上。厚重的资料压得她手臂发麻，她把饮料递给季晨曦，“是你最爱的草莓酸奶。”

季晨曦环着手臂，连眼皮也没有抬，说：“程念，你别装了。”

程念被惊到，站在原地一脸迷茫。

“我装什么了？”程念从没想过宿舍纷争有一天也会落在自己头上，她盯着季晨曦，脑子有点跟不上季晨曦的思路，“晨曦，你在说什么？”

“你还装什么？顾余川现在不在这里！”季晨曦一把将程念手里的饮料挥落在地，“是不是你告诉顾余川我没有把粥送给你喝的？是不是？”

季晨曦抓着程念的手腕，把她推到墙壁上，然后几乎控制不住自己的手，甩过去一巴掌。

“你还说你和他没关系！没关系他怎么会给你送东西？没关系怎么会因为我们连朋友都没办法做？”

程念被季晨曦一巴掌甩得有些迷茫，她仿佛看到赵青安就在面前，黑着脸指责她：“都是你！都是你害死了余白！”

季晨曦抓着她的肩膀摇晃起来：“程念，你不要再装出一副可怜兮兮什么都不知道的样子了，我受够了！要不是你，顾余川怎么会知道这件事？一定是你跟他说的是不是？”

程念脸色惨白，赵青安狰狞的脸在面前晃来晃去，不停地刺激着她，她不知哪里来的力气挣开季晨曦的钳制，她双手抱着自己的脑袋，痛苦地蹲在角落。

“程念，你把余白还给我！”赵青安叫嚣着扑过来。

程念突然发出一声凄厉的尖叫：“不是我！不是我！”

她在角落里不停挣扎，手臂和双腿一齐用力，眨眼间整张脸就被汗水和眼泪糊满，灰尘擦在脸颊和衣服上，灰色晕开一大片。

季晨曦被这样的程念吓住了，愣在原地动也不敢动。

不知道该怎么办，季晨曦后背发凉。她突然想起程念每次都吃的药，她连忙去翻，可是不知道几种药的吃法，她翻床的时候程念那瓶安眠药掉了出来，她连忙拿下去，给程念喂了一颗。

没有用！

季晨曦盯着白色药丸，像是想到了什么，连忙把自己包里那瓶维C打开，就着水让程念吞下去。

等程念安静下来，季晨曦才吐出一口浊气，她再不情愿也只能先扶着程念坐下，程念趴在桌子上，已经没了一丝意识。

季晨曦使出很大力气，才把程念丢到了她的床上，然后扯过被子一把盖在程念身上。

“我们回来了……咦，念念怎么了？”门被打开，宿舍里其他两个人走进来，有些疑惑地盯着程念瞧。

季晨曦有点慌，拼命克制住自己的心烦意乱：“没事，就是累了，在休息。”

程念做了一个梦，有关顾余白。

好久没有出现过的场面再一次跑了进来，程念不可抑制地看到飞机在空中失去平衡，随后掉进海里。

尸体反复在眼前出现，程念看不清尸体的脸，所以凑近，再凑近，直到和那张模糊的脸只剩下一拳之距时，那张脸上的眼睛猛然睁开。

“余白哥……”

“余白哥……”

“程念，你把余白还给我！要不是你，余白怎么会死！”赵青安拉扯着她的手臂，大喊着她听过无数次的话。

季晨曦半夜醒过一次，大概是因为给程念塞过安眠药，所以一直睡得很浅。她只听见程念在呢喃，尽管只隔了一根铁杆的距离。

季晨曦从床的那头移过来，凑近程念，听清了那三个字，是一个人的名字：“余白哥……”

余白哥?

余白哥是谁?

好奇使然，季晨曦摸到了程念床头的手机。她的手机没有设锁，点开就是首页。

季晨曦在程念的手机联系人里找到了备注着“余白哥”的电话，她下意识拨了过去，却是一个空号。

季晨曦退出时，误点了信息，最上面是程念发给“余白哥”的短信。她一条条翻到底，才知道这个“余白哥”其实是个死人。

程念喜欢的人，已经死了？

季晨曦点进了相册，她本来没想点的。但她视线落在一张合照上，三个人的合影。程念站在中间，两边各站了一个男生，一个是顾余川，另一个和顾余川的眉眼有些相似，她不认识。

她往下翻，一些景物直接被她忽略。她翻到一张以赫尔辛基大学为背景的合照，程念和那个她不认识的男生站在一起。

季晨曦还想往下翻，突然被人抓住了手臂，吓得她差点叫出来，她刚想解释，才发觉程念根本没醒。

季晨曦抽出自己的手臂，又把手机放回原处，她重新躺下，却怎么也睡不着。

余白哥……余白哥……余白……

余白……余川……顾余白，顾余川？

季晨曦被自己吓到了，她突然觉得自己有一种推理的天赋。

那个男生，应该就是顾余白吧？带着这个发现，季晨曦迷迷糊糊竟然睡着了。

程念选修的是比较冷门的芬兰语，整个教室的人不到班级里的三分之一。讲课的老师是潼溪大学有名的语言老师，虽然芬兰语冷门，但是老师讲课的方式却很有趣，程念听完做好笔记，一节课正好过完。

收拾好东西，手机响了起来。

是妈妈。

“妈，”程念拿着手机往外走，“有事吗？”

“念念，你也不小了，大学里不谈场恋爱怎么行？我认识苏医生的儿子，是个好小伙，叫苏凡，你要不要去跟他见个面？”徐紫安有些惶恐，生怕程念不开心，连忙补上一句，“不去也没关系，妈跟苏医生说一句，他会理解的。”

程念想起这一年，徐紫安和程昱放在她身上的关注，一时心里柔软得不行。她考虑了一下，先去应付，到时候再拒绝苏凡就是。

“行，我去。”

“真的？那妈把苏凡的微信给你。”徐紫安刚说完，程念就收到了微信提醒。

电话掐断，程念随手点进苏凡的名片选择了添加。

那边同意得很快，即便她添加的时候没有打任何备注。

苏凡把消息发过去，还有些不确定。

——程念？

程念只当是徐紫安告诉他的，也没太在意，她顺手回了条信息。

——是我，周六中午见一面吧。

苏凡收到回复简直惊呆了，这还是那个患了创伤性应激障碍症的程念吗？约人都这么随意？

苏凡忍不住同情顾余川。

——好，潼溪大学旁边有家中餐厅不错，我在那儿等你。

苏凡发完，有点自豪，他忍不住找顾余川再确认了一遍。

——余川，你周六是不是有个聚会在校外的中餐厅？

顾余川显然在忙，隔了几分钟才回复过来，话语一如本人恶劣。

——是，怎么了？要来蹭饭？不存在的。

苏凡关掉手机，嘴角挑起一抹笑。让你得意，看你到时候还能不能得意！

程念疲累地打开宿舍门，在饮水机边接了杯水，把晚上的药吃下去，再订一份外卖。

季晨曦已经好几天没有回宿舍了，平时除了上课，几乎看不到她。

程念坐在座椅上，做起了眼保健操。她看上去像是在休息，其实大脑仍在奋力工作。

所以，季晨曦每天早上喝的粥，都是顾余川准备给她的？

程念心思微动，那么，为什么呢？顾余川为什么要做这些无聊的事？他今天早上还说最近很忙，既然忙还空出几个小时为她做饭？

笔尖在纸上画了几下，越过她翻译好的第八段情节。程念回过神，纸张已经不能再用了。她心疼地触摸着不久前才翻译好的稿子，脑子里突然一片空白。

室内安静得不真实，印象中宿舍很少有这样的时刻。程念刚想到这里，门口便传来一阵窸窸窣窣的声音。

室友回来，顺便把程念订的那份外卖放在桌面:“念念，你的外卖，我顺手带上来了。”

“谢谢啊。”程念拆开塑料袋，把饭盒打开，牛肉的香味引得她肚子连连发出几声响。

“念念，晨曦这几天怎么了，总是夜不归宿的。”那女生一边用皮筋扎起头发，一边问她。

程念不知道该怎么解释，也不知道如何说起，她夹了块牛肉塞进嘴里：“失恋了吧。”

暗恋也是恋吧。

霜降之后，气温又低了几度。

早晨下了一场小雨，雨停后天空仍旧阴沉沉的。

程念在外套里加了一件毛衣，又在床边上取下一把折叠伞，全副武装完毕才跟宿舍里裹着被子看韩剧的室友打了个招呼，然后“噔噔噔”地跑下楼。

路面有积水，程念走路时鞋后跟溅起的水珠直接落在了后裤腿上。幸亏她穿的是条深色的铅笔裤，污渍看不太出来。

冷气钻进程念的衣领，冻得她打了个寒战。她推开餐厅的门，感受到里面的温暖，整个人都舒服得放松下来。

对方是程念主治医生苏林元的儿子，她脑子里转了一个圈，思考着最好是苏凡看不上她，也免得她再拒绝。

程念找到 18 号桌，苏凡应该已经坐在那里有一会儿了。他姿势悠闲地盯着窗外，程念快步走过去，在他对面坐下。

苏凡把视线收回来，淡淡地打量着程念。这是他第一次这样近距离观察程念，他看到程念实在无法和“患者”两个字联系起来。

“要吃什么？”苏凡把菜单递给程念。

程念目光在菜名上浏览了一下，随便指了指，服务员把名字记下来，很快就下去了。

“程小姐是潼溪大学翻译系学生？”苏凡问着，咖啡杯里的勺子一下下搅拌着，目光落在隔壁桌的顾余川身上。

“是。”程念喝了口水润喉，“你是苏医生的儿子吧？你应该知道我有病，你难道想和一个有病的人在一起？”

苏凡被噎了一下，他还是头一回听见人说起自己有病来不带一丝迟疑的。他感觉自己面前坐着第二个顾余川。他也算是明白，为什么顾余川会喜欢程念了。

不是一家人，不进一家门。

顾余川喝了口可乐，不知怎么就回了一下头，可这一回头让他差点把口中的可乐全部喷出来！

谁能告诉他，苏凡那个贱人在和程念做什么？为什么他们会在一起？

顾余川目光一刻也不敢远离程念，他连忙摸出手机，找到苏凡的头像，接着就是一阵狂轰乱炸。

——苏凡你个王八蛋！

——你在干什么？！

——你要是敢对程念做什么，我打死你！

苏凡收到信息，吓得浑身一抖，但他还是强装淡定，像是什么也没看到一样，给程念倒了杯热饮。

顾余川急得要爆炸，他看程念的表情也没有不耐烦，一时摸不准程念的心思，他要是不明真相贸然过去打断，别说自己尴尬，程念也尴尬。

始终没有收到回复，顾余川暗自把苏凡咒骂了一遍，才突然想起一个人，他拨通那人的号码，那边倒是接了，不过说话有些小心翼翼。

“你在校外餐厅相亲是吧，帮我个忙……”顾余川说话声掺杂在一群人喝酒吃肉的声音里，也没有人发现他的异常。

秦深深盯着面前的男人，觉得顾余川简直就是天使，她连忙应下：“谢谢大哥解救小女子！”

顾余川的回应是直接挂电话。

秦深深找到程念时，程念正面无表情地喝着水。一杯见底，苏凡忍不住说：“你已经喝了八杯水了，难到看到我会让你觉得很渴？”

“她不是觉得渴，她只是觉得你很多话，替你喝的。”秦深深插话进来，打破了程念的无奈。

程念不知道苏凡为什么这么能说，她以为说自己有病的话，很快就可以脱身了，然后再找个借口搪塞徐紫安，这场相亲就过去了。

秦深深询问了一下程念：“我能坐在这儿吗？”

程念现在巴不得有人能解救她，所以抿着唇点了点头，她喝的水太多，现在有点想上厕所。

苏凡手机上进来一条微信，是顾余川发来的。

——你最好赶紧走，我要是过来的话一定会打爆你的狗头。

内容简简单单，威胁意味明显。

苏凡本来以为今天自己可以农奴翻身把歌唱，让平时欺负压榨他的顾余川吃吃醋，没想到还是胳膊拧不过大腿。

苏凡走后，秦深深朝顾余川挑挑眉，后者回复她一个满意的眼神。

“我叫秦深深，是潼溪大学计算机系大二的学生，你呢？”秦深深是个自来熟，尤其是她敏锐地发觉顾余川喜欢程念，她就更想认识认识程念了。

“程念，也是潼溪大学的大二生，我学翻译。”程念感激秦深深的出现让她的处境不至于那么尴尬，所以对秦深深的好感也直线上升。

秦深深听到程念也是潼溪大学大二生，顿时和她心心相惜起来。两人互留了联系方式，又一起吃了顿饭，直到天黑了才回去。

程念和秦深深在同一栋宿舍楼，连房间的距离也没隔多远，这让秦深深很是郁闷：“怎么没早点认识你呢？”

宿舍门紧闭，程念推开还费了点力气。同宿舍的其他人还维持着她出门时的动作，只是不知道韩剧是不是换成了另一部。

她听见浴室有水声，才发觉季晨曦回来了。她闭了闭眼，估计是那天自己吓到季晨曦了，所以季晨曦才会连续几天不回来。

季晨曦出来显然看到了她，只是依旧冷着一张脸，越过她爬到了自己床上。

喜欢一个人没有错，程念理解季晨曦失控，所以不打算纠结这件事，她拿过自己的书，坐在阳台上看起来。

阳台边上嵌着几块大的透明玻璃，冷风拍打着窗户，发出“呜呜”的声音。

程念看着看着便想起一个人。

她今天看到的那个坐在她身后隔壁桌的男人，是顾余川吧。

程念拍了拍自己的脑袋，又继续盯着书看，可是却半个字也看不进去了。

Chapter 7

我对你的喜欢，不比他少

周末天气好了一点，风没有那么凛冽，秦深深发出邀约说要去图书馆。

程念看了眼自己完成一半的翻译稿，手指敲字回了过去。她抱着书和笔记本，轻手轻脚地关上宿舍门。

秦深深就在门外，欣喜地挽着程念的手臂，脸上洋溢着明媚的笑容："我们走吧。"

秦深深说话的时候，眼睛眯着，一丝狡黠一闪而过。

步行二十分钟，到达图书馆大门口。刷了学生证，两人直接往二楼走。程念只是因为二楼环境更好，秦深深嘴角却挂着一抹不怀好意的笑。

找了座位坐下，程念就把书和笔记本打开，很快投身到工作当中。

秦深深说去找书，却一直没有回来，程念偶尔回过头去看看秦深深，看到秦深深认真选书的样子，便收回了视线。

她握着笔，很快在笔记本的新一页写下一段英语。

秦深深搬了条凳子，把手里的书放到了架子的最高层，她偷偷捂着嘴乐了一会儿，才小心地从凳子上下来。

她把凳子还回去，再回到程念身旁："念念，我拿不到那本书，你比我高你去试试呗！"

程念想起她和秦深深走在一起的时候，确实是她高一点，于是她起身，在秦深深的指挥下找到了那本书的方位。

"念念你先试试，我去一趟卫生间。"秦深深说完就溜，其实是躲在隔了半堵墙的那一侧进行偷窥。

她给顾余川发了条信息，顾余川果然没一会儿就出现在了她的视野里。

给力！秦深深扒着墙，急切地盯着那两个人的进展。

程念踮着脚，怎么都差了一点。她手臂因为举高而微微泛着酸，她干脆垂下手，揉了揉肩膀。

一只手臂越过她拿走了那本书，背后人的动作像是把她环抱住，姿势很是暧昧。

程念站得笔直，眼睛盯着那只大手抽出她要拿的那本书。

“给。”耳边传来男人好听的嗓音，带着点蛊惑意味。

程念转了个身，整个人都快贴到顾余川宽阔的胸膛上，清冽的气息扑面而来，她迅速整理了自己乱飞的思绪，脸上微红：“你怎么在这儿？”

“图书馆好像没有规定我不能来吧？”顾余川把书给了程念，他动作和说话都刻意放到最轻，怕吓到她。

程念低着头，顾余川还能闻到她头发上的清香。

“好了，不逗你了。中午一起去吃饭吗，好久没一起吃饭了。”顾余川后退了两步，似是在征询她的意见。

“好。”程念抱着书，轻轻点了点头。

秦深深看得忘我，完全没注意到身后站了个人，她刚想拍手叫好，突然想起来这里是图书馆，不能制造噪音，于是绷着一颗心在原地跳了几下，她后退几步，一脚踩到了苏凡的脚。

秦深深一惊，差点叫出来，还好她死死地捂住了嘴。她下意识去看苏凡的脚，白色板鞋的鞋头已经脏了，上头有一个明显的灰色脚印。

她连连道歉，却听到苏凡说：“你刚才在干什么？”

她刚才……在偷窥啊！秦深深转眼想了想："没什么，我这人吧，向来喜欢墙壁，不论是哪里的墙壁都喜欢摸一摸抱一抱，所以才会……"她抱着旁边的墙壁摸了一把。

苏凡像看神经病一样看着她："可我……看到你在偷窥……"

"你放屁！"秦深深一个没忍住，声音大了点，吸引了其他人的注意，她连忙捂嘴，冲那些人露出一个"抱歉"的表情。

"你看错了！"秦深深恶狠狠地剜了苏凡一眼，绕过他准备去厕所。

"你是那天帮程念解围的人吧？"苏凡跟在秦深深身后，"你要去哪儿？"

"WC！"

中午程念和顾余川在校外餐厅吃饭，因为不想当电灯泡，秦深深刻意拉着苏凡去了另一家。

顾余川点了几个菜，上桌时程念才发现那些菜都是自己平时点外卖经常点的，她一阵恍惚，顾余川已经帮她盛好了饭。

他的手指根根修长，指节微微屈起，握着发烫的碗底有些泛红。

"多吃点，不是喜欢吃这家吗？"顾余川再自然不过地给程念夹菜倒水，让程念有一种还是大一在顾余川租的房间里吃饭的错觉。

程念很快反应过来，低垂着眉眼："你怎么知道我喜欢这些菜？"

她很少出来吃，大多都是点外卖。她吃完后总会把单子撕碎和食盒丢进垃圾桶，除了她自己没人会注意她吃了什么。

程念想到季晨曦，但季晨曦现在很讨厌她，根本不可能告诉顾余川，其他人更不可能，她们甚至都不知道顾余川的联系方式。

不知道程念现在脑海里已经千回百转，顾余川盛了一碗汤给她递过去："喝这个，最有营养了。"

"你还没回答我的问题。"程念轻轻喝了一口汤，清淡爽口。

"我说了，你不要生气。"顾余川似乎思考了一下，他抿了抿唇观察着程念的神色，见无异常才松口气继续说，"我入侵了你的手机。"说完，他又瞥了程念好几眼，也没从她脸上看出什么来。

程念不说话，顾余川就想尽办法制造话题，他怕气氛太沉默会让程念觉得无趣，下次就不再和他出来了。

程念现在不太爱说话，没有以前活泼，总是顾余川问一句，她回一句，顾余川要是不说话，她便也矜持着不开口。

好不容易吃完饭，外面却下起了小雨。

顾余川和程念并肩站着，冷气扑面而来。身边有人撑开伞走进雨中，身形纤细，有点熟悉。程念隔着迷蒙的雨雾没看清那人的样子，微微皱了皱眉。

季晨曦走开几步，忍不住回头看了看。

屋檐下的两个人站着，大概有雨丝飘了过去，顾余川用身体替程念挡住了。程念双手放在大衣口袋里，垂落在胸前的长发遮住了半边脸，显得格外乖巧。

握着伞柄的手开始下意识用力，直到伞柄边沿的开口处割到了她的手心，微微的疼意才拉回季晨曦的目光。

她刚才几乎没有吃饭，全程都盯着顾余川和程念，看到顾余川找着话题和程念聊天时，她心里像是被人狠狠地揪了一下又一下，泛着辛酸的疼。

季晨曦几乎是跑着回的宿舍，雨点从外面打进来，衣服裤子顿时湿了一片，她钻进浴室，借着哗哗的水声掩饰哭泣。

为什么她那么小心翼翼地喜欢顾余川，顾余川却宁愿贴着一个心里有别人的女人也不愿意接受她?

季晨曦想不通，她平时刷微博刷得不少，每个情感博主不是都写的“爱你的人和你爱的人，宁可选择爱你的人”吗？怎么到顾余川这里，就变了呢?

她磨磨蹭蹭好久才从浴室出来，缩进了自己的被子里。她铺被的时候，被角带起了程念床上的枕头，那瓶安眠药完完全全露了出来。

季晨曦维持着铺被子的动作，心里突然冒出一个想法，她盯着门口好几秒，才猛然回神从包里拿出一瓶维 C，她把程念安眠药瓶子里的维 C 倒出来，又把维 C 瓶子里的安眠药装进去。

对换过药，她像是怕躺在床上的室友发现，连忙继续装作铺被子，将自己的慌乱掩饰过去。

对不起了，程念。

反正，这本来就是你要吃的，怪不得我。

校运动会举行的那天，天空突然乍泄出一丝阳光。

秦深深把原本不打算去围观的程念拉起来，程念没办法，慢吞吞地换好衣服。灰色的针织围巾在脖子上缠了一圈，只露出红红的鼻尖和一双氤氲着雾气的鹿眼。

程念走了没几步，就开始边走边拉扯脖子上的围巾。她的围巾不像秦深深的那么轻薄，厚厚的地围着脖子闷了她一头汗。

塑胶跑道上用白色粉笔画了几根线，有几个选手已经在准备了。

散发这塑胶味的跑道旁很快挤满了人，闹哄哄的，程念不是很喜欢这种人多、拥挤的场面，让她有一种窒息的感觉。

太阳突然被风吹过去的一朵阴云遮住，校园一下子变得凉快许多，风刮过路边的树叶，传来“沙沙”的声音。

程念被人推了一下，身体直直地往前面砸去，差点就摔倒在地。有只手臂越过她，将她揽了回来，她被那只手臂带着转了个圈，蓦地落入一个怀抱中。

好像听不到周围的喧嚣声，进入了一个只有她和他的世界。

一切都静止了一般，程念只能听到自己的心跳声。

“没事了。”顾余川大掌盖在她头顶，轻轻地揉了揉。

推挤还在继续，但是她被顾余川护在怀里，什么也感觉不到。

顾余川把程念带出人群，手臂从她的腰间移开，转而拉住了她的手。程念下意识想抽出自己的手，可是顾余川握得紧紧的，根本没给她抽出的机会。

顾余川之前还没明白秦深深要他来看运动会的意思，等看到程念他就什么都明白了。

顾余川手指发力，将程念的柔荑包住，嘴角拉开一个温柔的笑。

我只能帮你到这里了，哥。

秦深深盯着离开的两个身影，双手合十祈祷了一会儿，再睁眼面前蓦然出现一张俊脸，她吓了一跳，差点一巴掌呼到对方的脸上。

“女孩子太暴力不好。”苏凡挡住她即将落下的手。

“关你什么事！”秦深深离开拥挤的人潮，耳朵里“嗡嗡”的声音总算消了下去。

她身后跟着一个人，浅色的影子投映在她脚边。秦深深余光扫了苏凡一眼，见他没有要离开的打算，干脆一脚踩到他的影子上。

孩子气的动作让苏凡愣了愣，他随即笑开，走到秦深深身边："我请你吃饭吧？"

秦深深莫名其妙地睨他一眼："你发什么神经？"

"我叫苏凡。"苏凡自动忽略她的问题，介绍自己。

苏凡突然自报家门，惹得秦深深一个趔趄，苏凡顺势扶住她，她吸了一鼻子淡淡的消毒水气味。

秦深深脸颊微不可察地红了，鼻尖仿佛还萦绕着苏凡身上的味道，她小声嘟囔："你叫什么关我什么事……"

程念没想到自己会在这个节骨眼上犯胃病。

她捂着肚子蹲下，身体蜷缩抖得像筛子一样，不一会儿就汗满衣襟。她尝试着站起来，但是胃疼得太厉害，她才刚起身，剧烈的疼痛就致使她双腿不稳摔倒在地。

偏偏顾余川还没来。

程念疼得眼冒金星，下唇被咬破渗出血液，不一会儿口腔中便全是血腥味。

“念念……”顾余川吓得连刚买的热奶茶都扔了，他急忙跑去抱住程念。他看到程念捂着肚子，想起她的胃病，立刻抱着她往旁边的小卖部里跑。

顾余川买了一瓶水，从自己的外衣口袋里摸出一个瓶子，倒出药给程念喂进去，他紧紧蹙着眉，眸中满是担忧：“好点了吗？”

程念苍白着脸点头。

“你是不是又没吃早餐？”离开小卖部，顾余川边走边问，说得程念几乎抬不起头来。

“睡过头了。”程念声音有些低，听起来像是不敢和顾余川对上。

“打算早餐中餐一起吃？一天吃两顿？”顾余川的声音蓦地沉下去，他凝视着程念血色尽褪的面孔，“程念，你敢不敢再对自己不负责一点？”

程念低着头没说话。他是怎么知道自己总是早餐中餐一起吃，一天只吃两顿的呢？

程念沉默着。

顾余川似是知道自己等不到回答，泄气一般拉着她往饭店走：“你就不能好好对待自己吗？一定要让我那么担心。”

“你担心什么？”程念听完，突然问了一句。

顾余川哑然。他默了一会儿，才讷讷地问：“你还不知道吗？”

我喜欢你。

他到底担心什么呢?

程念躺在床上，盯着头顶雪白干净的天花板，她又该知道什么?

她摇摇头，怎么也无法将顾余川从自己脑海里赶出去。她去摸手机，手机有些凉，她打开，开始斟酌着用词。

——余白哥，你在那边还好吗?

程念想了想，继续打字。

——今天我又遇到了顾余川，他说了一些很奇怪的话，我不太理解，也想不通。

那边始终没有回复。

屏幕自动暗下去，程念没点开，她闭上眼，顾余川却又跑了进来。

程念一直没有睡着，她在想是不是该去一趟医院，治一治这莫名其妙的失眠。她伸手摸到安眠药的瓶子，熟练地倒出一颗往嘴里塞。

季晨曦睡得浅，程念开手机她就醒了。她突然坐了起来，伸出的手即将触碰到程念的肩膀，她想提醒程念不要吃，可是话到嘴边却怎么也说不出来。

她一遍一遍地回想顾余川那天说的话，顾余川把他们之间所有的可能全都否定，因为程念。

季晨曦停在半空的手指慢慢屈起，然后迅速收回，她再度躺下，开始催眠自己。

那本来就是程念要吃的，不能怪她。

不能怪她。

程念已经睡下去了，呼吸浅浅的，季晨曦却睁着眼睛，怎么也睡不着。

季晨曦做了一个梦，梦见程念死了，因为吃多了安眠药，没有醒过来，她去摸的时候程念身体都发硬了。

她尖叫一声，猛地坐起来，宿舍里的人睡得沉，没一个人发现。她稳住心跳，手指颤颤巍巍地探了探程念的鼻息，还好好的。

秦深深开始每早都给程念带早餐，豆浆油条包子稀饭，一个星期不重复。

“怎么突然想起给我带了？”程念拎着早餐，一边吃一边往教学楼走。

天气越来越冷，程念裹着围巾，说话时还能看到自己吐出来的雾气。

秦深深咬了一口烧饼，吸一下鼻涕：“想着你没吃，就顺便给你带了。”

程念在教室里把每天的早餐钱发给秦深深，秦深深本来想拒绝，可是顾余川让她收着，她只好收着。

秦深深课间收到一条好友请求，她看了一眼备注，随即点了同意。

那边信息来得很快。

——秦深深同学，有没有兴趣赏脸喝个咖啡?

秦深深深吸一口气，敲下两个字。

——没有。

之后秦深深的日常就变成了苏凡约她，她拒绝；苏凡再约她，她再拒绝。

聊天一般诸如此类:

能一起吃个饭吗?

不能。

能跟你去看电影吗?

不能。

能约你去逛街吗?

不能。

我买单。

不去。

苏凡似乎和秦深深杠上了，以能约出她为目标。秦深深每天都会收到来自苏凡的N条信息，但结果总是毫无疑问地被拒绝。

秦深深拎着饭盒找到程念，她拍了拍衣服上的尘土，把口罩摘掉，露出一张白净的脸："念念，吃饭了。"

"我怎么感觉你像一个老妈子？"程念笑着从阳台上出来。

"你才是老妈子。"秦深深哼了声，把饭菜搁在桌子上。

程念看了一眼，三菜一汤，荤素搭配，还挺丰富。

宿舍里只有她和季晨曦两个人，程念几乎下意识地喊了季晨曦一声："晨曦，吃饭吗？"

季晨曦躺在床上，翻了个身，连一个眼神都懒得给程念。

"不吃就不吃，好歹吱个声。"秦深深把一次性筷子掰开，嘟囔着给了程念。

程念坐了下去，也没计较。她尝了一口，只觉得今天的饭菜香甜可口，格外好吃，她嚼着肉片含糊地问："好吃，这是哪家店买的？"

秦深深一听差点咬到自己的舌头："不远，你估计是饿昏了，所以吃什么都觉得好吃。"

程念想了想，觉得秦深深说得有道理，于是干了一大碗米饭。

宿舍门关上，隔绝了一室静谧。

程念抱着课本下楼，站在楼下等了一会儿，她看了眼手机上的时间，突然想起秦深深今天有事所以请假回家了。她拢了拢围巾，低着头往前走。

被风吹得凌乱的发丝打了个结，程念伸手去拨，发丝却缠着她的手指，头发越理越乱，最后一点耐心消失殆尽，她干脆粗暴地把那一段头发都拽下来。

有个身影在程念身边站定，高大的身体挡住了呼啸的北风，他温热的手掌拂过程念的耳际，把那撮头发小心地放在手里，耐心地帮她解开，再将她的发丝拢好，别到耳后。

整个过程两人都不发一言，却显得格外融洽。

程念比以前高了一些，即便有一米六五的身高，也还是要仰头才能看到顾余川的脸。他神色自然，甚至还带着一抹浅笑。

几乎是鬼使神差般，程念问了出来："你怎么在女生宿舍楼下？"

来找她?

跨越半个校园，来找她?

程念说完，咬了咬唇。每到秋冬季，她的嘴唇总会出现干燥脱皮现象，她又喜欢咬唇，所以最后嘴唇总是落得鲜血淋漓的下场。

下唇上的裂纹中蔓延出淡淡的红色，顾余川的眼眸暗了暗，他手指微动，极力压制住要抚上去的冲动，声音低沉而喑哑道：“多喝水。”

程念总是不让人省心，从小就是。

“你来找我的吗？”程念纠结了一阵，还是率先打破沉默。

顾余川点头，他怕秦深深不在，程念又不吃饭，所以亲自来了。

“吃早餐了吗？”

程念愣了一下，还是老实地摇头。

“你等一下。”顾余川似乎早就猜到结果，他离开了一会儿，回来看到树下等他的人，心底微微软下来。

他只是在小卖部买了一个面包和一瓶水，速度很快，怕程念久等，他递给程念说：“把这个拿着，到教室里记得吃。”

有人照顾自己的饮食，这种感觉很微妙。

程念从他手中接过东西，指尖相触，她整个人突然震颤了一下，好像心跳声扩大了好几倍，一下下响在自己耳边。

顾余川把她送到楼下，反复叮嘱了好几遍，才目送她上楼。

程念站在楼上往下看，刚好对上顾余川的眸子，那里面有些波动，微微漾起涟漪，让程念心里猛地一跳。

程念转身，右手拍了拍胸脯，左手里的东西有些多，握不住，“哗啦”撒了一地。

“过一段时间芬兰赫尔辛基大学的教授要到我校参观，翻译系将选出五名学生担任教授的翻译官，表现好可以获得交流生名额，去赫尔辛基大学学习一年。谁有这个意愿，可以到我办公室报名，下课。”

班主任走了后，整个课堂便由安静转为喧闹。

程念听到“芬兰”和“赫尔辛基大学”时，身体明显僵硬起来。她唇瓣翕动，无声地念着一个人的名字——

余白哥。

程念几乎没什么犹豫地去了办公室。

季晨曦正好在跟人讨论“一会儿吃什么”，余光扫过去时，眸中略微浮现出一抹深意。她跟身边的女孩子说了几句话，那女孩子便点点头，自己抱着书下楼了。

天色有些暗沉，阴云像是要压下来，气氛显得逼仄而压抑。办公室门没有关，里面空荡明亮，说话似乎伴随着回音。

“你要去赫尔辛基大学？”班主任的声音一如既往的严肃。

程念咬着唇点头，她能清晰地感觉到腥甜的味道在舌尖炸开。

大概因为程念成绩优异，又或者是同情，班主任在名单里写上了她的名字。

程念似乎松了口气，她想去感受顾余白在外面的生活。

想到顾余白，程念的眼神柔和下来。这一次她不再害怕和躲避，只遵循着心里的决定。她打开封存在相机里的顾余白的照片，抚摸上他温柔的眉眼。

——余白哥，我一定努力争取到这个名额，我要看一遍你看过的风景。

程念把手机合上，她推开门抬头看向天空，好像天际开始透出金光，连严冬都变得温暖。

下午顾余川等到程念，直接开车带她去下馆子。

程念是第二次坐顾余川的车，她总觉得顾余川开车和别人开车有点不一样，但又说不上来到底哪里不一样。顾余川开得很稳，让她觉得很安心。

她还在想着什么，面前伸过一只手。

顾余川的手很好看，和他这个人一样好看。程念不明白顾余川的意思，直到顾余川握着的拳头慢慢松开，如同变魔术一样，在他手心里躺着一管润唇膏。

还没拆包装。

“不知道你爱用什么牌子，就买了这个。”顾余川说着把车停在路边的停车位上，他把包装拆开，将唇膏旋出来，递给程念。

其实顾余川是想帮程念涂的，可是他怕程念觉得唐突，只能选择保险一点的方法。

程念接过，在嘴唇上涂了薄薄一层，原本连笑一笑都会疼得不得了的嘴唇一下子湿润许多，她抿了抿唇，闻到浅浅的茉莉花香。

“谢谢。”程念把唇膏塞进口袋，心里好像有什么东西在生长。

过了一年，喜欢说“谢谢”了。

顾余川觉得自己有些悲哀，但那仅仅是一瞬间，便被另一种情愫压了下去。

季晨曦紧跟其后报了名。

她看着顾余川把程念带走，心底很快衍生出一种想法——

压过程念，从顾余川身上得到的不愉快，她要还给程念。

与此同时，季晨曦那一晚的记忆仿若复苏。被她丢在一边的东西一点点占据脑海，她手中的一次性纸杯瞬间干瘪下去，温热的水流满了她整只手。

顾余白，赫尔辛基大学，这应该就是程念的目的吧?

程念那么想去芬兰，她怎么能让程念如愿。她开始和程念一样，总是芬兰语书不离手。总有人围过来叽叽喳喳地问，她全都不耐烦地敷衍过去。

她把大部分时间都用在这上面，但程念大一便有基础，之后也一直在学习，季晨曦明显有些跟不上，干脆给自己报了一个辅导班，每周都抽出时间去上课。

从来没有积极过的班级里，一下冒出两个上下课都捧着书的人，其他同学便暗暗地打赌，赌谁能得到那个交流生的名额。

最近气温下降得很快，潼溪市开始下雪。绒毛似的雪花落在脸上，带来一片寒凉。

秦深深打着伞，从雪地里跑过来接程念。

伞有点小，是夏天用来遮太阳的，里面是挡紫外线的黑色胶面。她们两个人躲在里面，靠外侧的肩膀上都落了白白的一层。

程念盯着自己右臂呢子衣上的绒雪，它们很快化成水珠藏进衣服上的纹路里。

“图书馆还是宿舍？”秦深深站在岔路口问她。

“图书馆。”程念想都没想，脱口而出。

秦深深眸色深了深，她还是往右边的路走去。

程念去芬兰的意图秦深深大致能猜到，她干涉不了程念，只能偷偷地告诉顾余川。

微信提示音忘了关，信息进来时吓了秦深深一跳。她打开看了看，挑唇笑了笑。

她手机振动好几下，惹得程念看她好几次。

“是苏凡吧？”

秦深深动作一顿，脸颊难得变成粉红色：“你怎么知道？”

“他当时问我要了你的联系方式，我给他了。”程念眨眨眼，笑得眉眼弯弯，她手里动作却没停，书上不懂的内容全部画上了记号。

苏凡跟她哥顾余川是好朋友她还是后来偶然碰见才知道的，她一直以为联系方式是她哥给的，现在想想她哥根本不会做这种无聊的事。

秦深深抱着手机戳程念的手臂：“念念，你对顾余川……是什么感觉？”

程念手中的笔尖突然扎进书页里，在中央留了一个黑色的小孔。她敛了敛眸，将其中一丝复杂之色掩藏好：“我们是从小玩到大的好朋友。”

好朋友？好……朋友？

只是朋友？

秦深深握着手机，抿抿唇没再多说，她怕再说会刺激到程念。她大哥的事情，顾余川反复提醒过不能在程念面前提起。

芬兰那边来人的前一天，翻译官的人数已经定好了。程念和季晨曦都在里面，校领导反复叮嘱“你们代表的就是整个学校”后，才摆摆手放几个人回教室。

程念和秦深深有约，要陪秦深深去买衣服，所以下课就去了校门口等人。

校园外侧的花坛内种着大片茶梅，碧绿的叶片中央夹杂着不小的玫红色花朵，花瓣一层一层交叠，淡黄色的花蕊显得格外娇嫩。叶子上落了点雪，仍旧掩盖不住绿意和玫红，在其他花朵都沉睡的情况下，这一片地方显得生机勃勃。

程念站在花丛旁边，还能闻到浅淡的花香。

她等了一会儿，没见人来，于是找到秦深深的电话拨过去。响了几秒那边才接通，秦深深的声音听起来有点焦急的意味。

“念念，你再等一会儿，我马上就好！”秦深深围上围巾、戴好口罩，全副武装总算跨出了宿舍的大门。

她一边跟程念说话，一边注意着脚下的路。经过程念的宿舍时，季晨曦刚好从里面出来，她回头锁门的时候动作有些笨拙，手里的蓝色绳子垂落下来。

秦深深脚步顿了顿，余光扫了一眼季晨曦手里的东西，应该是个什么证，但是名字和照片被遮住了。

“深深？”程念的声音从听筒里传出来，带着一丝疑惑。

“啊？”秦深深回过神，季晨曦已经极快地下了楼。

干什么呢，贼眉鼠眼的……

她时常到程念的宿舍找程念，对季晨曦也有点印象，不过不是什么好印象。她甩甩脑袋，快速下楼。

冬天本就冷，北风呼啸还夹着冰碴子，晨间更是有过之而无不及。

翻译官集合的时候，天才蒙蒙亮。程念刚好站在队尾，她在大衣口袋里摸了摸，脸色突然难看起来。她的学生证呢?

昨天早上班主任开完会后，她就把办好的挂脖学生证放在了今天要穿的大衣口袋里，难道是她太急了，所以掉了?

程念突然有些慌，周围的人已经把学生证挂在脖子上了。

“程念，你的呢？”班主任走到她面前，脸色有些不好看。

“老师，”程念看了眼时间，还差二十分钟，“我带了，可能掉在路上了，时间还来得及，我去找找。”

程念估算了一下原路返回到宿舍的距离，不等班主任同意直接跑了回去，她现在一分一秒都耽搁不了。

这么重要的场合，没有学生证会让赫尔辛基大学的教授觉得没礼貌和不严谨，更别说当作交流生和他们去芬兰。

程念几乎用了最快的速度，把走的路检查了一遍，她最后在宿舍找了一圈，还是没找到。她出门的时候碰到正要去觅食的秦深深，慌忙的样子吓了秦深深一跳。

“念念，你不是说今天很早要集合吗，怎么还在这儿？”秦深深问完，才发现程念的眼眶泛着红，轻声问，“怎么了？”

“我的学生证不见了。”程念急得不行，声音染上哭腔，像是极力忍住才没能让眼眶里蓄着的泪水掉下来。

“怎么会不见？”秦深深拧眉，“你仔细想想你到底放在哪儿了？”

程念清楚地记得就是放在大衣口袋里，她看了眼时间，没来得及跟秦深深再解释，直接冲着集合处奔去。但她还是迟了一点，班主任已经带着人进了展览馆。程念被堵在了展览馆门外，她没带学生卡，又没赶上班主任的队伍，根本进不去。

程念盯着展览馆里渐行渐远的身影，有些绝望。

秦深深找到程念的时候，已经是下午了。她坐在校外的茶餐厅，半晌都没有开口说话。秦深深来之前跟顾余川发了信息，但是顾余川没有立即回复，应该是在忙。

等顾余川把资料弄好再看手机，距离秦深深发消息的时间已经过去了半小时。

微信消息已经大概说明了前因后果，虽然秦深深隐晦地没有提程念要得到交流生名额的目的，但是顾余川根本不用想就知道程念的心思。

程念放不下顾余白，就像他放不下程念一样。

顾余川感觉到心脏处传来清晰的疼意，像是有人拿着图钉，一下一下地钉在他心上。他拿起座位上搭着的外套，直接往学校奔。

看到他来，秦深深识趣地离开。谁知她刚出餐厅，就被人堵住了。

来人穿着稻色的外套，背着风，被吹起来的短发竖在半空，看起来格外滑稽。秦深深抬眼看他，问：“你怎么来了？”

苏凡盯着秦深深许久，突然伸出一只手，摁在茶餐厅外面装修过的墙壁上，将秦深深圈在那一方小空间里。

“神经。”秦深深目光落在苏凡紧绷的下巴上，毫不犹豫地说。

“你怎么没反应？”苏凡有些急，另一只手也摁了上去。他俯身向前，呼吸和秦深深的交织在一起。

秦深深脸颊迅速蹿上一抹红色，语气里带着丝窘迫：“你干什么？”

“网上说的，女孩子喜欢被壁咚。”苏凡的声音落在秦深深耳朵里，他因为和秦深深靠得近，身上的消毒水味将秦深深整个包围起来。于别人来说，是很刺鼻的味道，但秦深深并不讨厌。

秦深深推开苏凡，凛冽的寒风侵入，她立即打了个喷嚏。

“感冒了？”苏凡去摸秦深深的额头。

秦深深白他一眼，把他的手打下来，苏凡顺势牵住她的手，笑得一脸得意。

秦深深："……"

顾余川不会安慰人，也没有安慰过人，他几次张张嘴也没发出什么声音。好不容易说出句话，他差点想拍死自己。

"事情我都听说了，去不了就别去了。"听听，这都什么话！

顾余川暗自骂了自己好几遍"没用"，明明是想说点好听的，让她开心一点，话一出口，竟然和他本意差那么多。

程念动了动，视线从窗户外收回来。

不知什么时候，外面的风停了，枝丫晃动的幅度小了下来，被吹落的叶子打着旋儿在空中荡了几下。

"我想余白哥了。"程念的声音夹杂着一丝缱绻，轻得有些缥缈。

顾余川心头猛地一颤，他手指收紧，像是极力隐忍着什么。良久，他动了动唇，干涩的声音响起："念念，别再折磨自己了好不好？"

"你根本不知道那对我来说意味着什么，我……"程念有些激动，双手在半空挥动着想要表达什么，她有些语无伦次，不知道怎么说清楚自己的意图。

"我知道。"顾余川起身，直接拥住了程念。他的下巴在程念的脑袋上蹭了蹭，双臂收紧将程念牢牢地圈在怀里，动作绝不算温柔，似要把她融进自己的骨血，“我知道你放不下顾余白，想走一遍他走过的路，可是你能不能回头看看，你的身后还有一个人。”

程念一直在挣扎想要逃脱顾余川的怀抱，她的幅度不小，甚至右手边握拳在他后背打了几下，他只是发出几声闷哼，抱得却更紧了，紧得让她感到窒息。可是在听到顾余川的话后，动作突然滞住，打在顾余川后背的手僵直在半空。

他刚才是什么意思?

程念伏在顾余川怀里，有片刻的失神，不可置信地问：“你喜欢我？”

回应她的是顾余川环得更紧的手臂，她的耳朵贴近顾余川的胸前，听见他失序的心跳。

“是不是要把心挖出来，你才相信我喜欢你？程念，我对你的喜欢，不比顾余白对你的少。”顾余川闭了闭眼，将情绪敛进双眸，他低头在程念发端轻轻地印下一吻，“你可以试着，我是说试一试，接受我。”

程念一瞬间感觉到自己的脑袋“轰”的一声，有东西炸开，她眼前一片模糊，根本不知道该如何反应。

“你知道我喜欢的是……”程念嘴唇被一根手指堵住，没出口的话哽在喉咙。

“时间还长，日子还多，我会等。”

直到被送回学校，程念都还觉得这一切不可置信。她揉了揉自己有些烫的耳朵，脚像踩在棉花上一样虚浮。脑海里回荡的全是顾余川说的话，她感觉像在做梦。

宿舍里传出争吵声，大得连她站在三楼楼梯上都能听见。

五楼围着人，因为现在是下午休息时间，大部分人都选择窝在宿舍，所以看热闹的人格外多。

程念远远听见熟悉的声音传过来，听不太真切，她挤进人群，好不容易回到宿舍里，差点被飞来的玻璃杯打到脚。

“深深？”程念一头雾水地盯着扭打在一起的两个人，她们的头发都被对方抓散，脸上隐约有几道红色抓痕。

宿舍的其他两人上去劝，可没人听她们的，她们站在旁边，不时地去拉架，还总会被误伤。

秦深深看到程念，立即伸手阻止程念的动作：“念念你别过来！都是这个贱人，害你失去了去芬兰的机会。”

秦深深边说边压在季晨曦身上，她甩一下乱得不像样子的长发，拽着季晨曦的衣领：“你那天早上拿的学生证是念念的吧？我说呢，鬼鬼祟祟地往外跑，还拿着学生证干什么？”

季晨曦似乎是想反驳，但她自知理亏，根本怼不赢秦深深，她嘴角有些血丝，嗓音干哑：“秦深深，你疯了！”她一直以为没人会知道这件事。

她躺在地面上，刺骨的寒冷钻进后背。她推了秦深深一把，摇摇晃晃地想站起来。

程念连忙去扶秦深深，她听到秦深深猛地吸了口气，吓得她立即松手去检查秦深深的手臂：“深深你给我看看……”

“我没事！死不了！我今天不打死这个贱人我就不姓秦！”秦深深拂开程念的手，一放话，撸起袖子就想动手，还是程念死死抱住她，才让她稳住身形。

“深深，这件事不追究了，我送你去医院。”程念不知道为什么在她说出“不追究”后，心里竟然松了口气，她脑海里浮现出顾余川眉目温和的脸。

季晨曦扶着床边的铁栏杆，疲累地喘了口气，她目光晦涩地盯着程念：“东西是我丢的，谁让程念有了喜欢的人却还要招惹别人呢？”

“季晨曦你什么意思？”秦深深刚想收手，一听这话又炸了，她甚至不顾程念的阻拦，冲到季晨曦身边给了她一巴掌，“说话给我注意点！”

“呵……我说错了吗？”季晨曦伸手撩了一下身前的长发，嘴角勾起一个讽刺的弧度，“先是顾余白，再是顾余川，顾家兄弟都要栽在程念手上，我看顾余白死了，就是因为她吧？”

程念垂在身侧的手突然攥紧，脸色煞白，她痛苦地闭上眼，狠狠甩了甩脑袋，努力将涌出来的画面屏蔽掉。

秦深深有些慌，她连忙观察程念的神色。她只听她哥说过程念因为这件事大受打击，生病住院一年，所以要她不许提顾余白的事。

“念念……”秦深深拉着程念抓得指关节泛白的手。

“你说够了吗？”程念抬起头，下唇被她咬得失去血色。

季晨曦嘲讽地勾唇：“你为了顾余白要去芬兰，所以才想拿到交流生名额，不过可惜，名额已经定好了，没有你。”

“季晨曦，那我要多谢你了。”程念沉着脸，她这一刻又想起了顾余川，“我一直想忘掉这个折磨我那么久的名字，是你给了我机会。”

程念没看季晨曦发白的脸色，转身扶住秦深深往外走，声音带着一丝哽咽：“深深，我们去医院。”

秦深深握住程念隐隐发颤的手，安慰道：“别难过，那不关你的事。”

“你还姓秦吗？”程念扯出一抹比哭还难看的笑问。

“程念你这人……”

Chapter 8

你为什么喜欢我呢？

秦深深进医院了，苏凡是最后一个知道的。他骂骂咧咧地开车飞奔过来，对着秦深深劈头盖脸一顿臭骂。

顾余川和程念为了给他们腾出地方对骂，所以先出了医院。

秦深深左手打着点滴，伸出右手将一个枕头砸在苏凡脸上，因为骂了一会儿，被苏凡气得脸颊还泛着红。她没好气地吼了一声："闭嘴！"

苏凡果然闭嘴了。

他抱着枕头挪过去，鼓着腮帮子坐在秦深深旁边。

半晌，谁也没理谁。

苏凡最终还是憋不住出声问：“你下次出事能不能第一个找我？”

秦深深越听这话越不对劲，她差点抢过抱枕又要砸他：“你诅咒我出事？”

“我不是这个意思。”苏凡赶紧解释，一边注意着秦深深手上的针有没有移位，一边把见底的盐水瓶换成另一瓶，“我是你男朋友，你可以依靠我。”

“就你那不靠谱的样子？依靠你？”秦深深嫌弃地扭开头，她不屑地哼了声，嘴角却有淡淡的笑意漾开。

苏凡也没跟她计较，把她揽进怀里，伸手揉了揉她的发顶说：“我可以为了你变得靠谱，你下次可以依靠我……”

似是想到什么，他连忙又加一句：“我没有诅咒你，我是说真的。”

秦深深本来想拍在苏凡后背的手蓦地放松了力道，变成轻放在他后背，她语气难得轻柔一次，说：“知道了。”

“你说的，是真的吗？”顾余川知道这件事，他当时并没有走远，只隐约听到周围的女生在讨论五楼的事情。

宿舍号正好对上程念的宿舍，顾余川几乎没有犹豫地闯进了女寝，他到的时候，刚好听见程念凉薄的声音。

她说她要忘记顾余白。

程念脚步顿了一下，才说："你听错了。"

"你都不知道我说的是哪一句，就肯定我听错了？程念，你是不是可以试着喜欢我呢？多久时间我都给你！"顾余川不让程念再走，他揽住程念的腰肢，精准地找到程念的嘴唇吻了下去。携带着狂风暴雨般的念想，让程念唇齿间满是自己的味道。

程念的反抗对他来说根本没有用，等一切都停下来，他才发觉自己的嘴唇被她咬破，血液正顺着嘴角蔓延。

程念杏眼瞪圆，眼眶里似有氤氲的雾气，顾余川的心一下子软了，他去擦程念嘴上的血迹，慌乱地给她道歉："对不起，念念，对不起……我不是故意要强迫你，我只是……我忍不住……"

天上应景地落下冷雨，一滴两滴三四滴，席卷了整个没有人的街道。

程念身体不好，顾余川几乎下意识地把程念护在怀里朝旁边的屋檐下跑去，他的声音湮没在瓢泼的大雨里："念念，我真的只是喜欢你。"

空气中腾起的水雾模糊了整个地面，远远看去如同入了仙境。

枯败的树枝上挂着一串水珠，"滴答滴答"欢畅地掉下来，有些落在程念的头顶，凉得她倒吸一口气。

顾余川拉着她往自己的方向靠，程念别扭地挪开。

顾余川眼底很快划过一丝失落，他拉着程念冰凉的手，用自己的体温为她暖着：“我不会再这样了。”

程念表情有一丝松动，她盯着顾余川几乎要被黑暗吞噬的脸呢喃：“你到底喜欢我什么呢？”

秦深深和季晨曦都被拉去教务处教训了一通，训完话，秦深深依旧活蹦乱跳的，该吃吃该喝喝，一点影响都没有。

程念反而内疚，拉着秦深深吃了好几顿饭。她回到宿舍，先前剑拔弩张的气氛已经消失，季晨曦在一旁整理行李，另外两个妹子在帮忙清书。

很快，季晨曦的东西就整理好了，一些不用的她前几天已经搬回了家，她拎着背包拖着行李箱，出门时看了程念一眼。只是一眼，季晨曦便快步离开宿舍。

行李箱滚轮发出的声响很久才彻底消失，宿舍里突然空出一个床位，难免让人感觉空荡。

“念念，晨曦退学了。”宿舍一个妹子开口。

“她不是要去赫尔辛基大学吗？”程念愣了愣，交流生不就是近期要被送去芬兰了吗？是她记错时间，还是又改时间了？

“不知道，她的名额已经让给隔壁班一个女生了。”妹子看了眼搬空的床铺，无声地叹口气。

季晨曦本来就没有意愿要去芬兰，只因为这是程念想要的，所以她想争夺，感情争不过，就在其他方面压过她。

季晨曦盯着五楼看了许久，但是程念，绝不是我输了。

披上皑皑白雪的山尖神圣而不可攀，在天边破云而出的阳光的照射下，一圈一圈地泛着光泽。

时间在走，十二月姗姗来迟。

程念将露在外面的手塞进口袋，口袋并不温暖，很久也热不起来，她迟疑了一下，将手往脸颊上贴。

“凉。”顾余川抓着她的双手，把手套摘下套在她手上。

一股暖流汇入心底，僵硬的手指开始回温。顾余川的手套很大，她的手放进去能自由自在地伸缩。

“你怎么来了？”程念将脸埋进围巾，冷风吹过眼睛，凉意从眼眶渗入，让她整个身体都战栗起来。

“苏凡约的我。”顾余川把咖啡馆的门打开，暖气瞬间让人紧绷的神经放松下来，“你呢？”

“深深让我来这儿等她。”程念走进去环视一圈，这个点店里人不多，座位上稀稀拉拉地坐着人，显得格外冷清。

顾余川凝视着程念的身影，眼底有几分波动。

这是半个月里，他第一次见她。

无边的想念快要将他淹没，他恨不得时时刻刻待在程念身边。但他不能，他清楚地知道程念在躲着他。

顾余川头一次觉得苏凡靠谱。

“一杯美式，一杯摩卡，谢谢。”顾余川朝服务员颔首。

“你又知道了？”程念觉得惊奇，她很少喝咖啡，但每次一喝也只喝摩卡，没想到顾余川会注意到。

顾余川弯唇，连眉梢都有点温软的意味：“你的习惯，那么多年总能摸出来的。”

程念心猛地一跳，她喝了口水来掩饰自己轻微的慌乱。

顾余川拉开衣袖，将一截手腕露出，黑色精致的腕表表盘朝着手心，程念只觉得有些眼熟。

“苏凡和深深应该不会来了。”顾余川把袖子放下去，对面的女生却有点走神。

“你和晨曦一直有联系？”程念话音落下，两杯咖啡刚好端上来。冒着热气的咖啡香味直达心底，将程念一颗心捂得发热。

“没有，为什么这么说？”顾余川眉头皱着，似有不喜。

“你戴着她送的表。”程念不知为什么，心里有一丝不舒坦。

顾余川眉心皱得厉害：“这不是你送的吗？”

程念摇摇头，一脸无辜地说：“当时晨曦还在网上挑选了很久，我不知道她是送给了你。”

“她说是你送的。”顾余川声音低了下去，他把腕表表带解开放置在一旁，脸色不太好看，“你没送我东西对不对？我就知道，你怎么会送我东西呢……”

他后面一句已近乎喃喃，程念还是听清楚了，她盯着顾余川的脸没有出声，心脏却突然一抽一抽的，细细密密的疼意蔓延开。

着急！

秦深深蹲在外面，很想冲进去帮他们一把，奈何心有余力不足，只能默默地在外面等。

苏凡帮她摘掉发丝间夹着的落叶，嘴角始终噙着一抹笑。

“你别是被风吹傻了吧？”秦深深扭头，对上苏凡一脸智障的笑容，嘴角忍不住一抽，嫌弃之意明显。

“没傻。”苏凡拥住秦深深，将吹来的风挡住大半。

咦……秦深深抖了抖手臂，倒是也没推开他。

顾余川的公司成立不久，应酬是他最近做的最多的事，但他极讨厌女人往他身边凑，偏偏他没有女伴。

他滑到程念的手机号，他很早就通过季晨曦拿到了程念的新手机号，只是一直不敢打过去，怕惊扰了她。后来他想念她，都是直接去找她。

顾余川上下拉动着联系人列表，每次程念的名字快要消失时他又连忙拉回来，思考良久，他还是拨过去。

铃声很好听，可他紧张。

对方很快接通了，可他紧张。

直到那边轻轻的、好听的声音从听筒传过来，落在他的耳边："喂？您好。"

"念念。"沉默良久，顾余川才敢喊出这个时时刻刻出现在他脑海的名字。

程念顿了一下："有事吗？"

"想请你帮个忙。"顾余川怕程念挂电话，语速飞快地说，"周末有一个酒会，我想邀请你当我的女伴。"

程念下意识就要拒绝，她身边的秦深深耳朵尖，听到后眼睛骨碌碌转了一圈："念念，酒会上女人那么多，顾余川又长得帅，很危险啊……"

秦深深开始给她科普酒会可能会发生的事。

程念凝着的神色更难看。

会被人睡?

“念念，我跟你说，女人都是很饥渴的。”秦深深见程念还在犹豫，干脆抢过电话替她答应，“哥，她答应了！”

秦深深抢着挂了电话，回头对上程念探究的眼神，她吞了口唾沫，心里开始没底：“那什么……”

“顾余川是你哥？”程念有种被人卖了的感觉。

“啊……对啊……”秦深深干巴巴地应一声，她其实很想扶额，更想给自己来一拳，谁让自己一时嘴快就暴露了。

自从知道秦深深和顾余川的关系后，程念看秦深深的目光里总是带着点探究。

周六，秦深深拎着饭盒来找她，程念盯着秦深深看了好久，久到秦深深觉得心里发怵，她才开口说话：“这些都是顾余川做的吧？”

空气仿佛凝结，半晌都没有流动。

秦深深僵着拿筷子的手，苦着脸点头，有些委屈地说道：“你相信我，绝对是我哥逼我的。”

程念扒了口饭，茄子豆角的香味勾人味蕾。她嘴角上挑出一道不大的弧度，眼里揉了点笑，看起来有些温柔。

“你不生气？”秦深深提着一口气，紧张地问。

“为什么要生气？”她现在一天三餐定时定点吃，好久都没犯过胃病了。

秦深深总算放下心，开始给自己夹菜。她嚼了几口，看到微信里顾余川发来的消息，一口饭喷在手机屏幕上。

她哥！一个令人发指的直男！竟然在问她女生喜欢什么样的口红！

天，他终于要开窍了吗？

秦深深不得不佩服一下程念，能让顾余川在这方面下心思，她手指灵活地打下一行字发过去。

——风靡校园的 YSL 和纪梵希小羊皮！

——雅诗兰黛不应该是 YSLD 吗？你是不是打错字母了？

——哥，YSL 是圣罗兰……

顾余川摸了摸下巴，他的电脑开着，上面还播放着知名女星代言雅诗兰黛的广告。他关掉页面，关机，拎着闲置一旁许久的外套往外走。

顾余川没买过口红，硬把秦深深拖了出来，在专柜挑挑选选好一阵，才敲定几个程念喜欢的颜色。

秦深深盯着顾余川毫不犹豫付款的动作，一阵激动，她暗搓搓地拉顾余川衣袖：“哥，给我买支圆管 #51 呗！”

顾余川睨了她一眼，说话时尾音上扬：“想要？”

“嗯嗯嗯。”秦深深疯狂点头。

于是顾余川在秦深深的注视下，一个电话拨给了苏凡：“你女朋友要买口红。”

“哥！不带你这样的！”秦深深愤愤地踏出专柜大门，决定和顾余川断绝关系一小时。

程念晚上裹着一件大棉袄出来消食，她在操场上逛了一圈，感觉肚子舒服一点才转身往回走。

一对对热恋的情侣牵着手从她面前经过，朝反方向走去，她感觉自己有点像溪水里逆流而上的单身鱼。

口袋里的手机振动了几次，棉袄太厚，隔着一层厚厚的衣服她没察觉到。直到第三次响起，腰间有种酥酥麻麻的感觉，她才注意到。

她摸出手机，被冻得僵硬的手指略显迟钝。

“喂？”

顾余川抓着手机，慢慢地跟在程念后面：“念念，我来找你了。”

“你在哪儿？”程念朝前看了一圈，借着昏黄的灯光，路人的脸部轮廓都很模糊。

“你回头。”顾余川盯着程念停顿的身影，耳畔还能听到电话那头清浅的呼吸声，每一下都让他心动不已。

程念回头，一眼就看到站在身后的那个外表显眼的男人。

他下巴抵着白色毛衣高高、宽松的领子，眼底有一抹浓得化不开的柔情。他手里的手机屏幕还发着光，是莹莹的绿色，照亮了他脸庞的轮廓，整个人显得分外柔和。

等顾余川站在她面前，她才后知后觉地发现自己已经出神很久了。

原本打算回宿舍的计划被打乱，程念跟着顾余川一圈又一圈地走，她盯着旁边投来视线的情侣，发觉此刻她和顾余川在别人眼里也是一对。

程念停下，任由顾余川走出几步。顾余川不解地回头看她，唇瓣动了动，应该是在问她“怎么了”。

她没想好怎么说，肩头被人拍了一下。

含杂着冬天的凉气，却又温暖欣喜的声音落在程念耳里：“念念，原来你不在宿舍，是在这里跟我哥幽会啊！”

程念想解释，唇瓣翕动几下，她看到苏凡气喘吁吁地跟上来，上气不接下气地说：“深深，别再跑了，我跑不动了。”

“苏凡你是不是不行啊，这才跑了一圈……”秦深深嚣张地笑，她环住程念的肩头，惋惜地摇头。

“秦深深！我今天就让你知道我到底行不行！”苏凡追着秦深深跑，大概是男人的尊严被挑衅，他现在跑得格外卖力。

程念看着打闹的两人好一会儿，连顾余川走近了都没发现，她被顾余川揽进怀里，鼻尖始终萦绕着那股好闻的味道，白毛衣柔软地拂过脸颊，带着属于顾余川的体温。

好一会儿，顾余川放开她，哑着嗓子说："你没拒绝我。"

程念提着手提袋，脑子有一瞬间的空白。秦深深还在旁边喋喋不休地说话，她一句也没听清。

没入无边黑暗的人影快要看不见了，程念走完最后一级台阶，脸颊微微发热。她趴在宿舍门前走廊的护墙上，将发烫的脸贴在冰凉的墙面，以此降温。

手机提示音突然一响，她边掏手机边往宿舍走。

还没到熄灯的点，宿舍里亮堂堂的，程念和其他两个女生打了个招呼，跑到浴室里洗了把脸。

程念的视线定格在那个添加她的微信账号上，是顾余川的。这么久了，他的微信头像都没换，甚至连名称都和以前一样。

点了同意后，程念把外套脱下来丢在床尾，爬到床上靠着蓬松柔软的枕头发呆。

天花板、白炽灯、阳台的风铃、晾晒的衣物、小电饭煲里"咕噜噜"熬着的粥、浴室里水龙头"滴答"的水，不知不觉想到了那么多东西，还有最后一个，顾余川。

冒着香气的红枣粥盛出来，白色的雾气从底下飘到了她的上铺。视线有一瞬间的模糊，她好像看到了那个憋屈地吃完红枣然后在卫生间干呕的人。

“叮咚”一声，程念的注意力被信息拉回来。

——喜欢吗?

顾余川说的是那些口红。

“念念，喝粥吗？”底下有道声音打破了一室的安静。

程念摇头，婉拒了她。

圣罗兰最热的三个颜色并列安静地躺在床上，金色包装在颜色清新的被单上格外显眼。

——为什么送我这个?

她很少化妆，主要是觉得化妆了还得卸妆，太麻烦。

那边过了几分钟才回，可能是在想一个送口红的理由。

——明晚的酒会你可以用，还有礼服，我会让深深帮你拿过去。

程念想，这个解释确实很合理。

酒会在晚上七点，顾余川经历过很多这样的场面，却没有哪一次像今天这样让他期待。

顾余川六点接到程念，她穿着米色的抹胸长裙，化了淡妆，精致的脸蛋藏在微卷的栗色长发下，让人有点移不开眼。

汽车平稳地行驶着，来往的车辆从窗外经过，带起一圈尾气。

车子在酒店门口停住，顾余川给她开车门，她不太适应地挽着顾余川精瘦的胳膊，一起走进富丽堂皇的大厅。

秦深深说得对，酒会上女人很多，名媛千金好像比美似的围在一起。她去拿杯果汁的空当，顾余川身边已经围满了人。

“念念，过来。”顾余川朝她招手。

程念穿越人群，来到顾余川身边，她听到顾余川说：“这是我的女伴。”

“顾余川，这么多优秀漂亮的女人，你为什么偏偏喜欢我呢？”程念看着顾余川清俊的侧脸问。

“我也不知道。”顾余川把酒杯放下，他微微侧过身，旁边依旧觥筹交错，程念能看到他眼里倒映的全是自己的模样。

心跳加速，似要冲出胸膛。

顾余川的吻印在她的额头，一触即离。他语调轻柔而婉转：“就是喜欢了，再也换不成别人了。”

光阴荏苒，所有的东西都在悄悄发生改变，像天上瞬息万变的云，像空中温和又暴躁的风。

树枝开始抽出新芽，大雨之前阴暗的天空变得逼仄压抑，一股沉闷的味道散开，很快豆大的雨点砸了下来。

老式的黑瓦房顶倾斜着，顺着瓦片中央的弧度落下来一串串的水珠。整个世界都被雨声倾覆，连耳机里的音乐声也听不见了。

程念把音乐关掉，将耳机线缠好塞进身后的背包。

电话进来，那端传出好听的低音："念念，你在哪儿？"

程念环顾四周，所有东西都被雨雾拢住了，她把行李箱往身后拎了拎，溅起的水珠打湿了她的裤脚，带着春天的湿意。

"火车站旁边的火锅店。"程念看了眼屏幕上显示的天气，大概要到中午才会雨停。

"等着，不要乱动。"顾余川看了眼窗外，雨打芭蕉发出脆响，被压弯的树枝快要接近地面，他想不出程念一个人在躲雨的样子，一定分外孤独。

半小时的路程硬生生被缩短至十分钟，黑色的汽车被雨水冲洗得格外干净，顾余川撑着伞下来，看到程念伸出手在接着屋檐落下的水滴。

他的心蓦地柔软起来，把人送进副驾驶，再把行李箱放在后备厢，他的手臂已经湿了一块。雨点打在灰色的玻璃上，顺着一道道痕迹流下来，隔着玻璃都能感受到清凉。

“你的衣服湿了。”程念视线落在顾余川的外套上。

“嗯。”顾余川丝毫不在意，将车驶离火车站，“巴厘岛好玩吗？”

“你的衣服湿了。”程念重复了一遍，目光依旧盯着他的外套。

“你是在关心我吗？”顾余川握着方向盘，熟练地转向左边，停在了红灯下。

还有六十多秒，顾余川视线淡淡地收回，落在程念身上，他似乎很在意这个问题，趁着等绿灯的这段时间又问一遍：“你是在关心我吗？”

“你想多了。”程念瞬间心跳加快，她别扭地拉了拉安全带，车内气温好像变得很高，热度从脖子根蹿到脑门。

“你就不能骗骗我吗？”顾余川的声音和窗外的巨大雨声重叠在一起，听起来总觉得悲凉。

程念感觉到心脏处传来钝钝的痛感，身后的车鸣声有些尖锐，刺得她耳朵生疼。

秦深深和苏凡早点好了吃食在等了，程念和顾余川一到，菜开始陆陆续续地上桌。

秦深深察觉到程念和顾余川两人间有些凝滞的气氛，在桌下悄悄地捏了捏苏凡的手，示意他说点什么。

苏凡大概会错了意，他满足地将秦深深的小手包在手心，然后朝她微微一笑。

秦深深：“……”

这种深深的无力感是怎么回事？秦深深终于体会到了什么叫“猪一样的队友”。

算了，队友不给力，只能自己上。

“念念，巴厘岛好玩吗？”秦深深给程念夹了一筷子豆芽，问。

“还好。”其实并不好玩。

程昱和徐紫安这段时间去了国外旅游，原本计划着程念会跟他们一起去，当作散心，但是她拒绝了。她一个人买了去巴厘岛的票，在那个完全陌生的地方待了半个月。

她想通了很多事情，关于自己，关于顾余川，这是她在那个地方唯一的收获。

顾余川抿着唇不吭声，只是倒茶的时候也给程念倒了一杯。他记着程念的喜好，在她喜欢的东西转过来时，顺手给她夹一筷子。

“我去一趟卫生间。”秦深深擦了下嘴，给苏凡使了个眼神。

“哦哦哦……我也尿急，等我一下！”苏凡跟着起身，揽着秦深深往卫生间的方向走。只是经过一个转角，他们又默契地弯腰偷偷观察。

“你说他们是不是吵架了？”秦深深蹲在墙角，眉心的褶皱怎么也抚不平。

“结合你生气的样子来看，不太像。”苏凡想起秦深深生气的时候，一言不合就罚他跪键盘，默默提出意见。

“你什么意思？”秦深深盯着苏凡看了几秒，问道。

“我错了。”苏凡撇嘴，态度真诚地认错。

少了两个人的饭桌略显空荡，程念看着碗里堆得小山一样的菜，表情总算有些崩坏。

她喊他：“顾余川。”

“别跟我说那些。”顾余川埋头吃饭，“我不想听。”

程念觉得有些好笑，她顺手把面前的芹菜炒牛肉夹进顾余川碗里：“多吃点。”

顾余川吃饭的动作一怔，他盯着碗里多出来的一块牛肉，脸上慢慢地爬上一抹笑，那笑意逐渐蔓延到眼角眉梢，如同春风和煦。

外面雨势小了，“噼里啪啦”变成“滴滴答答”。

二月的春燕归来，在细雨里扑扇翅膀，奏着清脆明亮的乐曲。

打湿的街道散发着清新的、春天独有的味道，像洗净的白衬衫又晒干。

两辆汽车一前一后地行驶在公路上，两旁柔绿的春草一望无际，水珠折射的光芒清晰而明亮。

程念看着景色眼皮渐沉。

窗口吹来清风，将侧头安睡的女孩长发扬起，她恬静的睡颜柔软温和，顾余川伸手将她的头发撩到耳后。

这是他数年一直期盼的景象，身侧有他爱的女孩。

安全带有些勒，卡在了她睡得歪过去的脖子上，顾余川看到她难受地动了动，腾出一只手来拽着安全带。他伏过去，亲了亲程念的嘴角，随后餍足地笑了笑。

程念下午报了到，领了新书跑去宿舍。

宿舍里腾出来的空床被安排了一个新生住进来，是个很可爱的女生，大一的，琥珀色的眼睛好像会发光。她带了好几盆绿植，安置在阳台的护墙上。

一一打完招呼，程念爬上床整理东西。只是一个寒假，木板床上已经积了一层薄薄的灰尘。

阳光柔软温和，雨过天晴后的天空挂着一道七色的彩虹。

她给徐紫安打了个电话，才施施然往楼下走。微信收到了一条消息，来自顾余川，大意是下午六点会来接她去吃饭。

程念回了个“好”，把手机收进衣兜。

厚重的棉服已经脱去，轻薄的春装开始在校园里横行，程念把那瓶陪伴她许久的安眠药丢进垃圾桶，竟像没了束缚一样轻松。

翻译完的厚厚一本名著也如期交到客户手里，程念因此获得了一笔不菲的收入。

过去一年，她饱受病痛的折磨，每天活得像个没有灵魂的木偶。她感觉有什么东西在慢慢发生改变，如面团发酵一般。

散完步，程念慢慢地往回走。

往事走马观花般从眼前掠过，最后只剩下一张含着悲伤的脸挥之不去。这种感觉一点也不好，不知什么时候顾余川住进了她的脑海，她总会不受控制地就想到他。

宿舍楼下三三两两的女生挽着手从她身边经过，程念停顿了一会儿，突然听到一声惊慌的尖叫。

是一个女生的声音，听着有点像刚搬进她们宿舍的小女生。

“念念，小心！”顾余川跑过来，从身后拥住她，身体前倾护住了她的脑袋。

然后“哐当”一声，程念听见瓷器砸碎落地的声音。她手臂上覆了一层泥土，湿湿润润的。脚边躺着散落在地的瓷片，还混杂着鲜红的血迹。

“嗯……”吃痛的闷哼一下子拉回程念所有飘荡的心绪，她的心仿佛被人揪紧，泛着疼。

“顾余川……顾余川……”程念抓住顾余川揽她的手，她没听到回答，声音开始发抖，“你回答我……”

血液顺着顾余川的脖子落在程念和他触碰着的手臂上，还带着温热。

“念念……”顾余川喊她，轻微的喘息声落在她耳边。

“顾余川……顾余川你撑一会儿……我送你去医院。”程念慌乱地扶着顾余川就地坐下，她声音不自觉染上哭腔，托着顾余川后脑勺的手掌已经一片湿热。

“顾余川，你听到我说话了吗？”程念拿起手机叫120，她几次慌忙得口齿打战说不清地址。顾余川在旁边笑她，虚弱苍白的嘴角有了一抹弧度。

“念念，你是在关心我吗？”顾余川从程念脸上看到了担忧的表情，他急切地想知道程念这一次的回答，“是不是？”

顾余川太怕程念说出“不是”，他盯着程念微动的唇瓣，胸膛剧烈地起伏，最终还是没有勇气。

他堵住程念快要说出口的话，表情沉痛且慌乱："别说了……"

顾余川醒过来时，天已经黑了。他面前有张脸蓦地放大，结结实实地吓了他一跳，他右臂一挥，拳头就落在苏凡的脸上。

"卧槽！"苏凡挨了一拳，忍不住爆句粗口。他看到顾余川眼睛里的迷茫，想打回去的念头立即忍住了。

他小心翼翼地挪开几步，等到了安全距离，才开口："你还知道你是谁吗？"

顾余川皱着眉头，古怪地看他一眼。他正想说话，却听到苏凡喃喃自语地说："完了完了，连自己都不记得了……"

"那你还记得我是谁吗？"苏凡手指指着自己，忍不住再问。

顾余川像看智障一样地盯着苏凡，手有些痒，又想揍他了。

他又没傻！

但是……这是一个很好的机会，可以拉近他和程念的距离。他瞪了苏凡一眼，传递着信息。

到底是多年的兄弟，苏凡比了个"OK"的手势。他一早就知道顾余川没事，不过自己刚才的举动似乎帮顾余川想到了一个好办法。

真是崇拜自己，苏凡有些飘飘然。

门口"吱呀"一声，吸引了两人的视线。程念端着盒饭回来，秦深深跟在她身后拎了许多水果。

苏凡抓住机会又问："那你还记得她是谁吗？"

"念念。"顾余川看着来人，眼神立即软下来。

"怎么回事？"程念没忽略苏凡问话里的那个"还"字，她眉头一拧，转而看向苏凡。

苏凡叹了口气，右手摸了摸鼻子。他面上看不出表情，但眼神却落在顾余川身上。接收到顾余川的请求，他眨了眨眼睛表示回应："脑震荡，连自己是谁都忘了，只记得你了。"

"这么严重？哥，你还记得我是谁吗？"秦深深从门口扑过去，带起一阵风，眼睛里还闪着盈盈泪花。

"……"

顾余川不想和这两个人说话，他看着程念，见程念没有走过来的意思，自己动手掀开被子就要下床。

程念连忙走过来把他摁了回去，手里的盒饭顺手放在桌子上，她把被子给顾余川盖好，眼里满是自责。

"对不起，"程念盯着他的眼睛，一字一句地问，"脑袋还疼吗？"

"不疼。"顾余川摇摇头，突然两眼一黑，一阵眩晕，整个人差点从床上栽下去。程念眼疾手快地扶住他，声音轻柔得像是羽毛般从他心尖慢慢拂过，带来一阵又一阵的悸动："别乱动。"

安抚好顾余川，程念打开饭盒，将筷子掰开放进他手里:“先吃饭。”

她起身，却被人拉住手，顾余川露出被抛弃的小表情问她：“你要去哪儿？”

“就在外面，一会儿就回来了。”程念摸摸他的脑袋，感觉到手上的力道消失，才给苏凡使了个眼色往外走。

房门一关，程念的脸色就垮了下去：“为什么会这样？”

“如你所见。他的大脑受到剧烈撞击，所以造成脑积血，血块压住部分记忆，导致失忆。”消毒水气味在过道里横冲直撞，苏凡深吸一口气才继续道，“这只是短暂性失忆，血块消失就会恢复正常，大概几个月时间就好了。他现在只认识你了，所以念念，可能需要你照顾他一段时间。”

其实顾余川问题不大，花盆的底部是连接着一块木板的，相当于瓷盆嵌在木板里，顾余川的脑袋并没有直接被瓷盆砸到。

苏凡面不改色地夸大其词，顺便在心里夸奖自己一番。

顾余川本来是因为保护她才会变成这样，所以程念自责不已，几乎毫不犹豫地同意了，但她又有点犯难：“要不要告诉顾叔叔和赵阿姨？”

那么久过去了，程念仍旧不敢面对赵青安，她打心底里惧怕赵青安。

苏凡心头一跳，他差点被自己的口水噎到，连忙回答：“不用，相信我，过一段时间就会好的。”

“好吧。”程念定了定神，重新拧开门把手，错过了苏凡仿佛劫后余生的表情。

苏凡狠狠拍了拍自己的胸膛，把那口气顺下去，才好受一点。他一个医生，居然沦落到要帮病人撒谎拉姻缘?

好吧，要是这次能让程念接受顾余川，他也值了。

做好心理建设，苏凡再度开门进去。一进去，他就惊呆了！顾余川虚弱地躺在床上，程念居然在喂他吃饭！

说一不二？矜贵学长？却为了程念拉得下脸，装得了病，简直高手！为了不打扰顾余川，苏凡拉着秦深深出去，一边忍不住对顾余川竖起大拇指。

为了照顾顾余川，程念干脆住进了顾余川租的房子里。

她已经很久没来过了，但是当时顾余川给了她钥匙，她一直没丢，没想到依然会有用到的一天。她在包里掏了一阵，摸出一串钥匙，打开门进去。

顾余川瞥到她的动作，眼里浮现出笑意。至少，他的钥匙程念一直留着。

程念不怎么会烧菜，手忙脚乱了好一阵，才端出一碗黑乎乎的东西，据说是炒豆角。但是豆角的青色和甜辣椒的红色都要睁大眼睛才能找到。

“那什么……”程念脸臊得绯红，“还是叫外卖吧。”

程念掏出手机，熟练地点了几下。顾余川目光扫过她手机上一排外卖软件，眸色深了深。他拿过程念的手机揣进兜里，起身往厨房走。

洗菜、切肉、下锅、装盘，动作优雅熟练，不久一盘新的炒豆角就端上了桌。

程念看得目瞪口呆，她从顾余川的衣服口袋摸到了自己的手机，连忙给苏凡发消息。

——顾余川不是失忆了吗？怎么还会烧菜？

苏凡正在和秦深深幽会，口袋里的“夺命连环震”一直提醒他回复。

——这个很正常，有些事情做得多了，自然而然就上手了。

程念得到答案，把手机收了回去。但她看到顾余川吃完饭径直就往自己房间走，正常得不能再正常的样子，又忍不住骚扰苏凡。

——他还记得自己的房间？

苏凡差点就要和秦深深接吻了，他看了眼程念抛出的问题，恨不得把手机扔掉，但是为了顾余川，为了圆谎，他忍。

——住了几年的地方，多少会有熟悉感的。

回复完，苏凡直接把手机关机。他摁着秦深深的肩膀吻了下去，双唇触碰的刹那，心里仿佛有烟花炸开。

这样啊……程念看着抱了衣服乖巧地准备去洗澡的顾余川，叹了口气。

讲台上老师滔滔不绝地讲着，程念完全没心思听。她满脑子都是顾余川，不知道他一个人在家里会不会出事？虽然她早上已经反复叮嘱过顾余川不能出门，但是谁知道顾余川答应得那么好，到底会不会听呢？

好不容易熬到下课，程念的笔记本上一个字也没有记。她匆匆忙忙收拾好东西，往校门口飞奔。

开门关门，程念环视一圈，心里猛地"咯噔"一下。

顾余川呢？

程念快步走进内室，打开顾余川房间的门，看到他抱着一本书在看，心里的石头突然就落下了。

听到动静，顾余川回过头："你回来了。"

窗口的暖阳洒在顾余川脸上，连细小的绒毛都能看清。程念走过去，在办公桌上看了一眼，依旧整整齐齐，不免有些奇怪，只觉得顾余川这失忆也太乖了，总感觉有哪里不对劲，但是又说不出来，她愣了好一会儿才说：“没乱跑？”

“没有。”顾余川把书合上，眼底漫开的全是柔情，“我去做饭了。”

程念这段时间知道，即使顾余川失忆，也依旧是那个被学弟学妹挂在口中的男神学长。因为他就算失忆，会的东西也一件都没落下，反而过来帮忙照顾他的自己，胖了好几斤。

吃完饭，程念满足地打了个嗝。她下午有一节课要上，一会儿还要去一趟学校。

“你不能出门知道了吗？”程念收拾好碗筷，拿去厨房洗干净。

水声混合程念的声音落在顾余川耳里，明明听过八百遍的话，顾余川也一点都不觉得厌烦，他乖乖地点头：“知道。”

等等……

程念回过头，目光落在顾余川的手上：“你在干什么？”

她走近去看，发现顾余川点开浏览器在搜索“潼溪大学怎么走”，见程念看得出神，他把手机递给她，眼睛眨呀眨的有点可怜的意味。

果然是失忆了，连潼溪大学在哪儿都不知道了。程念不再纠结，继续洗碗。

顾余川劫后余生地吁了口气，幸好他动作够快，把和苏凡的聊天页面关掉了，要不然就被发现了。

“我走了，乖乖在家等着，回来给你带零食。”程念拎着包，觉得顾余川失忆了还挺乖挺可爱的，她一如往常地想去摸顾余川的头，但顾余川此刻站着，她摸不到。

悻悻地收回手，程念看到顾余川膝盖微微弯着，半蹲着与自己齐平，眼睛盯着她看，似是在期待着。

程念笑了笑，伸手摸摸他的头：“等我回来。”

“好。”

等程念一走，门被关上，顾余川才摸了摸自己的头，好像还能感觉到她手心的余温。

Chapter 9

就算是死，我也甘之如饴

顾余川给公司打了个电话，又在电脑上视频开完会，看了眼时间，程念应该快回来了。想到程念，他心底便漫开一抹甜意。

最近他哪儿都没去，过得像一个废人，可也意外地觉得岁月静好。因为有程念，他从小到大喜欢的人陪在身边。

开门声响起，顾余川关掉电脑往客厅走。

天气变得暖和起来，每日只需穿一件单衣就行，程念走进来，脑门上全是汗。

“楼下小区里的海棠花开了，一会儿去看看吗？”程念担心顾余川每天闷在家里太无聊，又担心他一个人出去不安全，只能趁着晚上的时间带他出门散散步。

“好。”顾余川在厨房里应一声。

“对了，明天要去医院换药。”程念看了眼桌上的台历，明天刚好是红圈圈出来的一天。

“好，你说什么都好。”顾余川继续应着。

晚上散步的人很多，小区公园里不少爷爷奶奶在跳交际舞。程念缓步走着，垂在一侧的手被顾余川握住，暖意从指尖一点点蔓延。

他张开五指，和程念的紧紧扣在一起。

程念有点不习惯，她挣了几下，听到顾余川压得低低的声音：“念念，我喜欢你，好喜欢你。”

顾余川顶着失忆的头衔，做这些幼稚的事无比顺手。他看到不远处的小情侣拥在一起，便也拥住程念。一旦程念想动，他就搬出“他们可以，为什么我们不可以”来反驳。

程念听着自己胸膛里清晰的“扑通”声，感觉心里有一块地方终于被填满。

她带着顾余川在开花的海棠树下走了一圈又一圈，淡香入喉，沁人心脾。走累了，程念拉着顾余川坐在公园的木椅上休息。

天边的落日还没有进山，高楼的屋顶挡住刺目的金色光线，留下那一片麦收时的金黄。

看完夕阳，程念侧头去看顾余川，因为离得近，她的脸颊擦过顾余川的唇，心里突然开始狂跳。

她想解释这不是故意的，顾余川的身体已经压了过来，额头相贴，她能感觉到顾余川温热的鼻息。

顾余川凑近，精准地擒住程念的唇。程念抽出紧握的手，抵在顾余川胸前推了推，顾余川却抱住了她，趁她分心抵抗的时候，撬开她的贝齿，长舌搅乱了程念的所有思绪。

程念整个人都酥软下去，没了反抗的力气，她胸膛起伏着，一颗心已经完全沉沦。她伸手，有些迟疑地环住顾余川精瘦的腰身，开始慢慢地回应他。

这个吻很久才结束，顾余川餍足地舔了舔嘴角，眼睛亮得惊人，他的嗓音有些沙哑，叫程念的名字时像在说一句动听的情话。

“念念……”

苏凡给顾余川换完药，贼兮兮地往外看，他熟练地把手上的白色纱布打个结，才低声问：“怎么样了？”

顾余川带着薄茧的指腹缓缓地触上自己的唇，来回轻轻地摩挲，他有点贪心了，尝过程念的味道，就想再尝一次、两次、很多次，想把程念圈养在身边，谁也抢不走。

只能是他的。

“啧，感谢我吗？记得请我吃饭。”苏凡一见他那表情，立即就懂了。

“深深和你在一起的时候你怎么不请我吃饭？”顾余川横他一眼。

“你这人怎么这么不解风情……”

江面水天一色，风掀起柔和的波澜，泛着粼粼的光。

尾似剪刀的春燕低低环绕着弱柳，清脆明亮的叫声恍若从江的另一边乘风而来。头顶上的树叶发出声响，清风穿林，还捎带着野花的气息。

程念今天要考试，中午不回来，可是他怎么就那么想她呢？明明只是一天不回，他却觉得好像过了几年。

他大概是中了一种叫程念的毒。

顾余川往潼溪大学走去，想着程念喜欢喝酸奶，又拐进小卖部买了几盒酸奶。结账时身边有个女生胳膊撞了他一下，他抬起头，那女生冲他笑了笑：“帅哥，一个人啊？”

顾余川没理，结过账就要走，那女生拦住他：“帅哥，给个联系方式呗？”

“顾余川？”略有些熟悉的嗓音从身后追过来，顾余川皱着眉回头，发现季晨曦正讶异地盯着他。

程念说季晨曦转学了，没想到在这里碰到。他对季晨曦没什么好感，尤其是知道那块表不是程念送的之后。

他看了下时间，程念快要下课了。他绕过那女生，直接出了门。

“顾余川！”季晨曦追出来，几步跟上他，漂亮的眼尾微微上扬，“顾余川，你应该知道顾余白是谁吧？”

顾余川步子停顿了一下，季晨曦见此，嘴角挑出一个弧度：“你喜欢程念，程念却惦记着一个死人，你一定不好受吧？”

“你怎么知道这件事？”顾余川提着购物袋的手指渐渐用力。

“我知道的多了去了。我知道程念喜欢顾余白，我知道她吃安眠药是因为顾余白，我还知道她想去芬兰是因为顾余白。你看，你再优秀，还是比不过顾余白。”季晨曦毫不留情地揭开顾余川的伤疤，她就想给他找点不痛快。

她以为顾余川会发怒，但是顾余川只是嗤笑一声：“那又怎么样？天长日久，我的机会还有很多。”

顾余川回过头，视线落在季晨曦精致的脸上，眸中却布满了厌恶。那是季晨曦第一次见到顾余川这样的眼神，她感觉后背爬上了一层冷汗，嘴角的笑容怎么也维持不住。

“但是你，最好不要再出现。否则我可能做出点什么，也说不定。”

顾余川放下话，大步离开。

“顾余川！”季晨曦气急。

顾余川很快到了程念教室楼下，他给程念发了条信息，没多久就看到程念急急忙忙地从楼上跑下来。她连连撞了好几个人，到他面前的时候，原本整齐的头发都散了。

她气息不匀，抚着胸口问：“你怎么来了？幸好没丢，不然我还得找你。”

“不会丢。我来给你送饭，怕你不吃饭胃又疼。”顾余川温柔地理了理程念的长发，指腹触摸着她的额头，将那层细汗擦掉。

但他似乎忘了自己此刻还是个失忆症患者，一句话就让程念放下的心又悬了起来：“你刚说什么？”

程念眼睛一眨不眨地盯着他瞧：“你记得我不吃饭，你记得我有胃病？”

顾余川眼皮猛地一跳，心里直道“完了”。

“你恢复记忆了？”程念探究地看了顾余川良久，顾余川才抿着唇、绷着下巴矜贵地点了点头。

“那太好了！”程念抓着顾余川的手臂，“你记得我们所有人了吗？”

顾余川抿着唇，绷着下巴再度矜贵地点头。

他内心其实是拒绝的。

“下午再去医院检查一遍，乖。”程念踮着脚摸摸他的头，但一会儿她的动作就僵住了，她尴尬地收回手，“不好意思，习惯了。”

“我很喜欢。”顾余川把便当放进程念手里，顺势压低身体将程念整个人拢住，在她微微张开的嘴唇上偷了个吻。

她大概才吃过薄荷糖，呼出的气息格外清冽好闻。顾余川又亲了一下，心底生出极大的满足。

程念脸色有些红，气血直冲脑门，怎么心跳得比之前更快了呢?

顾余川的笑声在她耳边回旋，柔柔地扫在她心上，周围的温度似乎越来越高，高得……她想给自己扇扇风。

顾余川眼里划过一丝满足的笑，他伸手拨了拨程念面前的刘海：“我在家等你，早点回来。”

程念有一瞬间，想到了贤良淑德的家庭主妇和即将外出的老公告别那一幕。

春季多雨，晴了几天又开始阴雨绵绵。

程念不太喜欢雨天，因为这样她走路总会弄脏裤脚和鞋面。她坐着公交车回了一趟家，鞋子都浸湿了。

换完鞋，徐紫安从厨房里把切好的水果端出来，看着坐在沙发上的一大一小道：“把手里的东西放一放，先吃点水果。”

“念念，吃点葡萄。”徐紫安盯着程念红润不少的脸色，欣慰地笑了笑。

病一好，人也开朗了许多。

“念念，你真的不考虑考虑苏凡？那孩子长得不错性格也好，这个行业又有前途，妈是挺喜欢他的。”徐紫安说了很久，也没见程念给个回应，倒是看到程昱给她使了个眼色，她便闭嘴了。

程念捏了颗葡萄，慢慢地剥掉那层紫色的皮，酸酸甜甜的味道在口腔中炸开，叫嚣着还要更多。

“我很早就说过了，我不喜欢他，而且他有女朋友了。”程念想起顾余川，神色不由得柔软几分。

她刚想到顾余川，顾余川的信息便跑了进来。

——念念，什么时候回来？

她跑到厨房洗了手，抱着手机打字。

——明天。

屏蔽了徐紫安和程昱的声音，程念看着回复，心里久久不能平静。

——好，想你。

程念从没想过顾余川会把这两个字这样自然地说出来，他们之间相处得很融洽，像是本就应该这样。她不禁弯了弯嘴角，笑意一直从眼角蔓延到整个脸颊。

他们之间，到底是什么关系呢？

程念稍微侧过脸，凝视着认真开车的顾余川。

只要看到他，心里就会雀跃个不停。

这种感觉，既熟悉又陌生。

“念念，不要影响我开车。”顾余川想了想，又温声道，“回去让你看个够。”

程念立即把视线收回来，有种被抓包的慌乱。

汽车驶进车库，顾余川和程念乘着电梯从负一楼上去。狭窄的电梯里空气不太好闻，程念微微蹙着眉，刚坐完车又坐电梯，她有点想吐。

“很快就到了。”顾余川给程念顺气，电梯门在他说话的时候“叮”的一声打开。

“一会儿苏凡和深深要来，一起吃个饭。”顾余川摸出钥匙开门，“食材我都买好了，你先去看看电视。”

程念点点头。

她坐在柔软的沙发上，侧耳还能听到厨房传来的声响。

电视节目换了一个又一个，程念没什么心思看，她调到一个娱乐节目，里面的人不知道在笑什么。

门铃一响，程念起身去开门，果然看到门口的两个人。

秦深深熊扑过来：“念念！”

苏凡“啧啧”几声，不满地提醒道：“你男朋友还在这儿呢！”

秦深深扔了个白眼给他，拉着程念往里面走，她抻长了脖子四处张望一番，才疑惑道：“我哥呢？”

“厨房。”程念把遥控器塞进秦深深手里，“我去帮忙。”

秦深深趴在门口偷窥，看到顾余川操刀、程念洗菜，两个人即使什么话也不说，气氛却意外和谐，心里顿时生出一种“这两人不在一起天理不容”的感觉。

苏凡凑过来，亲了亲她的脸颊：“他们有什么好看的？你多看看我。”

秦深深：“……”

你好看，你天下第一好看。

吃完饭，苏凡开车去了医院，程念和秦深深也一起去了学校，朦胧的水汽将两人的身影笼罩起来，顾余川在心里勾勒出程念身影的轮廓，脸上微微有了点笑。

他没过多久接到了赵青安的电话，简单说了几句，电话挂断，又

去找吧，我是学不来。”

苏凡心底一慌，连忙追上去，一边解释一边去拉秦深深的手：“深深，是我不好，我不会说话……”

秦深深跑回宿舍，苏凡被宿管阿姨拦在外面进不来。她一头扎进被子里，心里的气还没下去。

都说谈恋爱的女生矫情，秦深深以前不觉得，现在觉得那句话说得确实有道理。

她裹着被子在不大的床上滚了几滚，不知道苏凡现在还在不在楼下？

算了，那个缺根筋的肯定早就回去了。

秦深深想着，手机一亮，她连忙去看，结果只是移动发来的流量超额短信。

苏凡那个缺心眼的，竟然真不给她发信息！

哼，不发就不发，谁稀罕。秦深深带着满腔怒火，在床上辗转难眠。

秦深深第二天被电话铃声吵醒，她拽过旁边的熊猫枕头遮住脸，铃声停了一会儿，又不厌其烦地响起。

“靠！烦死了！”秦深深昨晚很晚才睡着，她腾地从床上坐起来，一把拿过手机，刚想要发火，看清上面的备注后把火气压了压，

“念念？”

现在是早上七点多，平时程念就算起床，也会八点再喊她一起去食堂。

“深深，你快下楼，苏凡晕倒了！”程念架着苏凡，但她力气不大，身形又瘦弱，还打着电话，走路晃悠悠的。

苏凡晕倒了？

秦深深丢开手机，随意套了件外套往楼下跑。她连睡衣睡裤都没来得及换，冲下来时头发凌乱得像个小疯子。

“怎么回事？”秦深深扶着苏凡，一脸茫然地问。

她伸手去摸苏凡的额头，烫得吓人，她记得他们昨天吵架来着，然后……就没有然后了。

“宿管阿姨说昨晚苏凡就在这儿，熄灯之后她就去睡觉了没在意，一早醒来看到苏凡竟然还守在铁门那儿。我正好下来买点东西，就看到苏凡直直地往后栽。”扶着人往校医室的方向走，程念累得直喘气。

秦深深有片刻的愣怔，似乎不敢相信这是真的。

苏凡在这里守了一晚上？夜晚湿气重，苏凡穿得也不多，所以就发烧了？那他为什么不给她打电话呢？她会接的啊！

秦深深看着苏凡手背上的针管，心里说不出什么滋味。

这个笨蛋。

程念拍了拍她的肩膀："我去买饭。"

苏凡没一会儿就醒过来了，眼底满是疲累。他扭头，看到秦深深坐在旁边，伸手就抓住了她的手。

"深深……"他嗓音干涩，声音嘶哑，一点也不好听。

秦深深盯着一脸苍白的苏凡，怎么也发不起脾气，她喂他喝了半杯水才说："你怎么就不知道给我打电话呢？"

"手机没电了。"苏凡表情有些委屈，他摸出衣兜里的手机摁了好几下都没反应，"你看。"

"所以你就在楼下干等了一晚？"秦深深恨不得扇自己两巴掌，多大点事啊，为什么要这么矫情，这一点都不像她。

"嗯，我想跟你解释，我怕我不联系你你会误会，以后都不理我了……"苏凡越说，秦深深就越内疚，她苦着脸，拍了一下苏凡的左手："我是那种人吗？"

苏凡抓紧她的手，借着力气坐起来一点，他凝视着秦深深的眼睛，认真道："深深，我第一次谈恋爱，不知道什么该说什么不该说，惹你生气了，对不起。"

秦深深想哭，她没忍住，眼泪"啪嗒啪嗒"直往下掉。

"你……别哭，我以后再也不拿你和别人比了……"苏凡去给秦深深抹眼泪，心里慌得不行，好久也没说出一句连贯的话。

“闭嘴！”秦深深吼他，她揽着他的脖子，用最简单最有效的方式堵住了他的嘴。

外面又开始下雨，没完没了地下。

天空阴沉沉的，乌云盖住了亮光。

被雨水浸润过的校园一片鲜绿的颜色，看上去很是提神醒脑。

程念犹豫着给顾余川发了条微信，大意是今天会回家，但是等了很久也没见人回。她不免有些失落，将手机揣回兜里。

这几天她很忙，顾余川估计也很忙。他失忆那段时间，都没去公司，一定很多事情落下没做。

这么想着，程念释然了。

她上完课跑到宿舍收拾了几件衣服，跟秦深深打完招呼就往外走。走到一半，她想起这么多天没回去，家里应该没菜了，于是又拐到菜市场买了不少菜。

手里的东西很沉，程念却像感觉不到似的，嘴角勾起一抹笑。

一个多月过去，她都已经习惯了把顾余川租的地方叫作“家”，她后知后觉想起这个称呼，脸颊迅速飞上一层薄薄的粉色。

路上有积水，程念深一脚浅一脚地走过去，脚踝已经感觉到了凉意。

她从电梯里出来，径直走到房间门口。她敲了敲门，里面有窸窸窣窣的声音，但是没人开门。她不免有些疑惑，顾余川在搞什么?

程念从包里摸出一串钥匙，摸索着将钥匙插进锁孔，她还没来得及转开，房门便从里面打开。

只是一眼，程念便僵在原地无法动弹，她唇瓣微微动了动，到底没发出什么声音来。

“程念？”赵青安目光立即由疑惑变得犀利起来，她推开门，语气冷冷，“你来这儿干什么？”

程念脑海里飞快地闪过赵青安的那一巴掌，脸上顿时血色尽褪。

她像是老鼠看到猫一样向后退去，手指紧紧地攥着，指关节开始泛白。

赵青安瞥到程念手里提的东西，眼神顿时一凛，她脸色变得格外难看：“你居然和顾余川住在一起？”

程念身子一抖，手里的东西悉数掉落在地，衣服和菜散开，一片凌乱。

大概是听到动静，顾余川从里屋走出来：“妈，怎么了？”

顾余川看到程念，眸色深了深：“念念……”他似乎是在想该怎么打破这个僵局。

“顾余川，你给我解释解释，这是怎么回事？你是不是和她住在一起，你不让我进那间房是不是因为那是她住在里面？”赵青安气得脖子和脸涨得通红，她指着程念，“是不是你勾引余川？你害死了余白，现在又想祸害余川？”

程念嗫嚅着，仿佛又看到了顾余白。飞机失事、尸体、巴掌，一幕幕被刻意忘记的记忆突然涨潮般涌现。

她脸色更白，整个人像是脱力般，摇摇晃晃好像一阵风就能把她吹走，她嘴唇微张：“我没有……”

“要不是为了跟你求婚，余白怎么会死？”赵青安始终无法忘记，明明前一天还在跟她视频见面的儿子，后一天就连尸骨都找不全了。

这件事像是一根刺，始终卡在赵青安心里，不论多少年都化不了。

而程念，就是害死顾余白的凶手！

“妈，别说了！念念为了那件事患了病，才好没多久，你不要刺激她！”顾余川捂住程念的耳朵，生怕她再听到些更难听的，被刺激后那个棘手的病又复发。

他紧紧护着程念，柔声说：“对不起。”

程念手指抓着顾余川的一角，眼睛里没有一丝亮光，她直挺挺地站着，脸色苍白宛如死人，让顾余川心里生疼。

“顾余川！你这是什么意思？她害死你哥哥，你现在还要为了她来吼我？你现在大了，翅膀硬了不听管教是不是？”赵青安气得够呛，她伸手就要打程念。程念被顾余川护着，一巴掌落在顾余川的脑袋上。

顾余川眼前一暗，世界开始旋转，他身体有些不稳，但手臂依旧没有松开。保护程念，这大概是他连潜意识里都存在的一种本能。

“顾余川！顾余川你别吓我！”程念去摸顾余川的头，还好没摸到血迹，她声音颤抖，抓着顾余川的手力气更大了一些，“你为什么要替我挡这一下？伤口裂开怎么办？”

赵青安被这样的顾余川吓了一跳，她想去看看顾余川，但是顾余川一只手挡住了她，她的动作生生顿住。

“青安，够了！”顾成板着脸出现在门口，“这件事你还要记多久？余白已经去了，你这样责怪程念他能回来吗？”

“我知道他回不来，可我就是恨啊……余白那么优秀，从小就很听话，那是我身上掉下来的一块肉，如今说没就没了，我恨啊……”赵青安哭倒在顾成怀里，抽泣声很久都没有停下去，她搂着顾成的腰，声音断续，“我就剩余川这么一个儿子了，我不想他再有什么事，我承受不起了……”

顾成拍着赵青安的后背安慰：“那件事是个意外，该发生的避免不了，不怪程念。况且……”

顾成停顿了一下，才慢慢说：“那年他们搬家，是因为念念得了创伤性应激障碍症，她也不好过。”

赵青安的抽噎声顿了顿：“那是她罪有应得！我是不会原谅她的，更不会同意她和余川在一起！”

顾余川稳住身体，在程念的帮助下缓缓站直，他说了一句话，那声音如同来自地狱的最深处，夹杂着浓浓的黑色恶意。

“只要这个世界还有程念，只要这个世界还有顾余川，那么顾余川就一定会和程念在一起。”

程念愣了愣，她呆呆地看着顾余川侧过脸后紧紧绷着的下巴和嘴角，眼眶一酸，泛起温热。

“没必要的，你没必要这样的……”程念眼泪砸在地面，开出几朵姿态绮丽的花。

顾余川转过身，用宽阔温热的胸膛拦住她的视线，他的大掌揉着程念的头顶：“这一次，没有人再能把我们分开。”

顾余川的怀抱太让人安心，程念却埋在他怀里只想大哭一场：“我会害死你的……”

话听多了，她就信了。

走去，“走吧，去商场。”

“好嘞！”秦深深搭着程念的肩膀，如同古装剧里的纨绔子弟一样，她轻佻地挑起程念削尖的下巴道，“美人儿，今天爷的时间都是你的！”

程念笑骂一声：“滚！”

两人勾肩搭背地在商场里逛了一圈，程念买好了面试要用的衣服，这才心满意足地离开。

秦深深拉着程念往奶茶店里跑，一人点了一杯奶茶，雾气袅袅升起，程念的脸颊被挡住，朦胧间显得格外神秘。

她颇有些奇怪地看着秦深深放在桌面上的手机，像是突然之间失去了主人的宠爱：“苏凡不给你发信息了？”

平时腻歪得不行，即使苏凡在值班，也会抽出空余时间聊上几句，这几天怎么消停了？

“别提了！”秦深深拿着吸管，无聊地戳了戳奶茶杯里沉淀在底部的一层黑色珍珠，“他上次在学校晕倒没去上晚班，被他爸爸发现了，所以把他一个月的假期都取消了，现在估计在加班。”

“你不想他？”程念歪着头，透过雾气看到秦深深努了下嘴。

“不想，没他我还清净了不少。”秦深深咬着吸管狠狠吸了一大口，把嘴都鼓了起来。

而某个正在加班的人冷不防打了个喷嚏，他放下手头的工作，揉了揉自己的鼻子，果然舒服不少。

“你个兔崽子！又偷懒！”苏林元顺手操起柜台顶上的鸡毛掸子就要抽。

“爹！你讲讲道理！我只是打了个喷嚏！”苏凡连忙起身，四处躲闪着，他无奈地上蹿下跳，值班室外的小护士窃窃私语好一阵。

“苏医生又被院长骂了……”

周日如期而至。

已经染上热意的天气开始令人烦躁，路边的树上已经有蝉鸣声声。

小道上的花坛因为没人打理，长出了白黄两色的金银花，清淡的香气萦绕在鼻尖，挥之不去。

程念跟着导航找到 B 座 5 栋，一楼大厅里放着一面仪容镜，她顿住脚步，整理好衣服和头发，又补了一点口红，然后抿了抿唇给自己打气，然后按了 18 楼的电梯。

电梯速度很快，不一会儿便响起“叮”的一声。

程念难得穿了一次高跟鞋，她踩着红地毯进去，面试的人不多，轮到她时，正好两点半。

程念有过翻译经验，几个问题回答下来，自我感觉还不错。

她面试完毕，摸出手机跟顾余川聊了一会儿，她站在比较醒目的广告牌下打车，站的位置刚好进入顾余川的视线里。

顾余川凝神看了她许久，只觉得心里有什么东西在狂乱地跳动。他恨不得现在就从办公室跑出去，送她回学校。

她今天穿了一套他没见过的衣服，白色的是衬衫还是雪纺衫他分不清，黑色的 A 字裙，大概还穿着高跟鞋，所以走路不如平时稳当。

程念在那儿站了多久，他就这样看了多久。直到一辆计程车停在旁边，他下意识地发了条信息过去。

——如果是坐计程车的话，把车牌号发给我。

程念刚想上车，收到信息她疑惑了一会儿，向四周看了看，才回复。

——你怎么知道是计程车？

顾余川嘴角漫开一抹闲散的笑。

——我是说，如果。

好吧，程念瞅了一眼车牌发过去，才坐上车。

很快汽车尾巴也不见了，顾余川留恋地摸着聊天背景图，那是程念拉着“失忆”的他在海棠树下散步的照片。

他入镜的只有半只手，程念却占据了整个镜头。

面试结果出来那天，顾余川正好接程念去看电影。

最近新上映的一部电影口碑非常不错，顾余川在网上买了两张票，去自动取票机上取票时，程念手机里突然进来一条信息。

她心花怒放地跑到顾余川面前，眉眼弯弯，声音似乎也沾上了喜气：“顾余川，我面试过了！”

“嗯，恭喜你。”顾余川拿着票，头顶上的水晶灯不停变换着颜色，他看到被五光十色笼罩住的程念，嘴角微微扬起。

旁边大屏上的电子表时间跳动一下，顾余川自然地牵住程念柔软的小手，过去买了3D眼镜检票入场。

程念视线却落在旁边卖爆米花的柜台，进了三号厅，顾余川先找到了座位，他把眼镜递给程念道：“我出去一下。”

程念点点头，看着顾余川的身影从门口消失，她手指攥着两副眼镜，无聊得拿着四个眼镜腿交叉着玩儿。

顾余川去了好一会儿，程念差点以为顾余川跑了，好在电影开始前两分钟门口总算有了他的身影。

他抱着一桶爆米花，还拎着两杯饮料，重新坐了回来。爆米花的奶油味钻进程念鼻子里，香香的。

“吃吧。”顾余川把饮料放好，才看着她道。

他看着程念的时候，眼睛里总有用不完的柔情，那双深邃的眸子里藏着星辰和大海，还有最重要的程念。

程念咬了咬下唇，心里如同有蜜糖注入，甜得她整个人都软了下去。

爆米花的味道一般，但她却吃出了山珍的味道。顾余川听到程念这么说，有点哭笑不得地揉她的脑袋。

顾余川讲：“我以前是虐待你了吗？”

程念想到以前，嚼爆米花的动作停了下来。她睁着一双炯炯有神的眼睛，那里面似乎有什么情绪在翻涌。

她现在回过头，才发现从很久以前，顾余川的一颗心便扑在了她身上。

顾余川为她做了太多，多到她掰着指头也数不完。

“顾余川。”程念突然叫他。

“怎么了？”顾余川微微侧过头，他身体压低，好方便听程念说话。

粉唇的柔软贴上他冷峻的脸庞，惊得他目光落在程念脸上。

“没事。”程念继续吃爆米花，嘴角的弧度更大了。

“早知道你是要亲我，我应该把整张脸转过来的。”顾余川遗憾地感叹。

“满足你。”程念说完，右手搭住顾余川的脖子往下压，双唇相贴，气息温热缠绵。

时间慢慢过去，暑假也到了。程念收拾好东西，先回了家。

公司不包住，程念坐在客厅的沙发上，连着无线搜路线。家里离荣信广场比较近，坐公交车只要十分钟，所以她打算住在家里。

最高兴的就是徐紫安，程念一个学期都难得回来一次，她买好了菜，天还没黑就在厨房里忙碌。

程昱投过去一个眼神："念念这两个月都在家，不用急。"

往往徐紫安瞪他一眼，程昱就㞞了，他耸耸肩用报纸盖住自己的脑袋，以实际行动诠释了什么叫"当我没说"。

程念打开程昱那台年代久远的收音机，听起了广播。

她微信亮起的时候，下意识地点开，是秦深深发来的，不知怎么她心里竟然有些失落。

——念念，我去了我哥的公司实习，他公司里女人好多啊，一个个都天仙似的，不过我会帮你看着他的，你放心！

程念回了秦深深一串省略号，似乎想到什么，她忍不住再加一句"我记得顾余川说他公司里男人也很多，你记得管好你自己"。

秦深深过了一会儿才回，内容一如她本人般活泼。

——你这话说的……我是那种会被美色诱惑的人吗？

太是了！

程念默默地撇撇嘴，但她没有回过去，怕打击到秦深深。

一条短信飞进来，程念点进去，是通知她具体的入职时间。她手指飞快地打出“好的”两个字，然后发送过去。

她等了一会儿，仍旧没等到想等的人，屏幕上的时间不停地跳动，她心里突然一跳，原来已经抱着手机这么久了。她不免在心里唾弃自己，什么时候变成这样了？

吃过饭，程念一头扎进了浴室，水温偏低，在这样的天气里尤为舒适。花洒里的水珠打在皮肤上，给夏日带来了一抹清凉。

她换上睡衣，拿毛巾裹住头发，经过客厅时听到卧室里手机铃声欢快地响起。她走进卧室拿起手机，机身都已经发烫了，铃声刚刚歇下去，立即又响起来，屏幕上的备注不停闪烁着，她的心仿佛在跟着屏幕闪烁。

她这回立即点了接听，电话那头好听的男音传过来：“怎么才接电话？”

程念隔着电话，仿佛看到那边男人皱眉的样子，她小声地回答：“在洗澡。”

那边默了一会儿，然后响起低低的笑声。那笑声莫名勾人，听得程念脖子和耳根都泛着粉红色。

她咬了咬唇，才问道：“怎么不发信息？你不是喜欢发微信吗？”

顾余川对着布满晚霞的天际，彩色的云层翻涌着看起来很壮观，却也敌不过程念，哪怕只是她的声音。

任何东西都和程念没有可比性。

“想你，想听听你的声音。”顾余川从来不知道自己是这样一个容易满足的人，对于程念，他总有用不完的耐心，现在想想，连他自己都觉得不可思议。

这算是撩她吧？

程念不迟钝，她现在浑身发热，只好打开窗户吹吹风。她不说话，那边也不说话了，电话却一直没有挂断，浅浅的呼吸声从那头传到这头，又从这头传到那头，莫名有些暧昧。

最后是徐紫安喊程念出去吃水果，她才惊觉通话已经二十多分钟了。除了一开始的交谈，他们竟然听对方的呼吸声听了二十分钟之久。

程念想想都觉得耳根子发烫，她有些窘迫地对着电话说：“我妈叫我了。”

也不知道对方听没听到，她就挂掉了电话。

顾余川笑，眉眼在暗下去的房间里显得异常柔和。

程念今天起了个大早，并且拒绝了程昱开车送她的提议，踩着高跟鞋乘坐公交车到了公司。

接待她的是个笑容温和的妹子，她被带到一间办公室，里面的配置还挺不错。那里面已经有好几个人了，她一一打了招呼才坐下。

中午公司的副总王权来过一趟，他身材高大，只是脸不太好看，油腻腻的。似乎是看到新人有些惊讶，于是打量了程念好几眼，那目光看得程念很不舒服。她皱了皱眉，再抬头副总已经走了，好像刚才是她的错觉一般。

日子依旧一天一天平淡地过，小半个月过去，程念应对工作越发顺手。

她主要是翻译一些文件，翻译完成后发给副总过目就可以了，但是今天这份文件内容有点多，快到下班的点了，她还剩了一小节。

“念念，还不走？”身边的同事一边整理东西一边问她。

“还有一点，打算翻译完了再走。”程念敲着键盘，莹莹白光照着她认真的脸。

“还真敬业。”同事摸了摸鼻子，她朝程念挥了挥手，“明天见。”

“明天见。”程念总算抽出一只手来回应她。

很快公司就安静下来，程念把落地窗的窗帘撩起，窗外的光线照进来，仍旧显得昏暗。她打开灯，桌边病恹恹的绿植瞬间精神了。她喝了口水，手指重新覆上键盘。

空荡的办公室里只剩下手指敲击键盘的“嗒嗒”声，程念打着打着，手机亮了一下。

——下班了吗?

顾余川发完，又觉得自己多余。程念六点下班，这都超时半小时了。他透过玻璃窗看到程念那栋楼楼顶的广告牌，已经亮起了红光。

——还在公司，文件还有一点没翻译完。

程念抽出一点时间回复他，然后继续发奋图强。

——我来接你。

顾余川没收到回复，好像看到程念努力工作的样子，兀自笑了笑。他从停车场出来，直接开车到了 B 栋楼下。

程念关掉电脑，长吁了一口气，她起身，回头时被悄声出现在身后的男人吓了一跳。她捂着胸口，缓了缓才惊奇地开口：“王总，您怎么还在这儿？”

“小念啊，你发的文件我都看了，很不错，我还有件事要找你……”王权笑眯眯地递过来一份文件。

程念伸手接过，对方却又紧紧拽着另一头。

“王总？”程念皱眉，不解地看他。

“这件事做好了，这月发工资时我就给你加绩效。”王权说完手一松，直接摸上了程念的腰。

程念整个人一蒙，这才反应过来发生了什么。她把文件扔开，冷冷地甩开王权作乱的手，怒斥：“你想干什么？”

“小念，别不听话……”王权扑过来抓住她的手，他力气大得惊人，程念几乎推不开，“过了今晚，你的身价就会水涨船高。”

程念使劲挣了挣，试图躲闪面前男人的动作，她极力扭头，避开王权落下来的嘴。他嘴里似乎还留着酒气，腥臭扑鼻。

程念皱着眉挣扎：“你滚开！我要叫人了！”

“还不老实……看来不懂什么叫见好就收！”王权说着去扒她的衣服，他动作粗暴，她的雪纺衫领口处的扣子一下就掉了。

“救命！救命！”程念明显感觉到胸口一片清凉，她脑子里乱得不行，右腿不停地去踢王权的腿，却被王权两腿用力夹住，怎么也挣扎不脱。

程念慌乱地扭动，她一口咬住王权的耳朵，疼得王权倒吸一口凉气。下一秒，她的脸上就狠狠地落下一巴掌，扇得她耳鸣目眩，绑好的头发也散了。

程念瞬间泪流满面，头发贴在她湿润绯红的脸颊上显得有些疯狂。

“乖一点，这样你就不用吃苦了！”王权爱死了她这副样子，他盯着程念通红的脸颊，腾出手解开皮带，随即又淫荡地笑了笑，“别想有人来，这里是18楼，整层楼的人都走了。”

程念心里满是绝望，她趁着王权解皮带时松懈的动作，立即抬腿踹了他一脚，然后往外跑。但她连办公室门都没跑出去，又被一股大力拽了回去，左脸又迎上一巴掌，血丝从嘴角渗出来，白炽灯照着显得格外狰狞。

“臭娘们还挺狡猾！”王权说着，一把将程念压在地面，他疯狂地撕扯着程念的衣服。放置在桌面的手机突然响了起来，程念脑海中闪过一个名字：顾余川！

程念挣扎着打了王权一拳，她想去拿手机，但是手被钳制住，根本碰不到桌子。程念尖叫着捶打王权，用指甲、用牙齿，能用的都不放过。

顾余川本就在楼下等了一会儿，这下打电话又打不通，他按了电梯，这个时候没什么人，电梯很快就到了18楼。

他刚踏上红毯，就听见程念的尖叫声。他的心脏蓦地揪紧，连忙快步朝唯一亮着灯的房间跑。

“王八蛋！”顾余川一见王权压在程念身上，眼都红了，他上前就是一脚，把王权踹倒在地，他拽着王权的衣领，一拳砸过去。

“顾余川……”程念看到顾余川，立即就哭出了声，她摇摇晃晃地站起来往顾余川怀里扑，“顾余川……”

“别怕，我在。”顾余川快要心疼死了，他爱护了那么多年的女孩，自己连头发丝都舍不得碰，竟然有人敢动。

“乖，去旁边，不要溅到血。”顾余川温柔地说完，程念连忙抱着身体躲到了一边。

“你要干什么，你知道我是谁吗？”王权惊恐地后退，他的眼睛挨了一拳现在还疼。

“我管你是谁！”顾余川直接一拳砸过去，堵住了王权所有的话，他一边打一边吼，“敢动她，你该死！”

程念抱着膝盖连抽泣都忘了，目光里全是顾余川，她想到顾余川的时候，他就来了。她几乎不敢想，如果顾余川没来会是怎么样。他就像神一样，总是出现得很及时。

声响渐渐小了，浑身冰凉的程念感觉到一道影子拢住了她，随即温暖便蔓延到全身各个角落。顾余川抱着她，声音沙哑道：“没事了。”

他的手上还有血，程念抽了抽鼻子，声音带着哭腔：“你受伤了……”

“那是他的血。”顾余川下巴蹭了蹭程念的头顶，动作极尽温柔。

“顾余川……你是不是缺心眼啊……”程念带着哭腔，泪眼蒙眬地抓着顾余川汩汩流血的手，“你打他就打他，干吗要打得自己手流血……”

程念说话一顿一顿的，说一句吸一口气，身体也跟着颤动，让顾余川心疼得不行，他抱得更紧，似要将她融进骨血。

“我不缺心眼，我缺你。”

程念伸手环住顾余川的腰，埋进他胸膛狠狠地吸了口气。维持着这个姿势良久，程念才平复下来，她看了眼自己的衣服，顿时又生出一股戾气。

“我让深深过来了，放心。”

程念挣扎过、哭过，已经没多少力气了，她在顾余川温暖的怀里蹭了蹭，困意涌上来，迷迷糊糊低问：“顾余川，如果我真的被……你会怎么样？”

“你是我从小爱到大的人，不管发生什么，都是我一个人的念念。”

苏凡帮顾余川处理好伤口，回头看到他一直保持着同样的姿势，目光紧紧盯着程念熟睡的脸，忍不住叹了口气。

他收拾好医药箱，将房门带上。

“怎么样，严重吗？”秦深深凑上去问。

“一点皮外伤。”苏凡把医药箱放在桌面，伸手环住秦深深纤细的腰，“以后不管去哪里，都要告诉我。”

秦深深难得没有吐槽苏凡无聊，她点点头：“好。”

“也不要一个人加班。”

“好。”

“不要很晚回家。”

“好。”

“不要凶我。”

“滚！”

蹬鼻子上脸了还?

“那个男人呢？”秦深深坐在沙发上，抿了一口水。

“警察带走了。”苏凡坐在秦深深旁边，话音刚落，顾余川从房间里出来，“我去做个笔录，你们帮我照顾一下念念。”

苏凡做了个“OK”的手势。

程念后半夜醒过一次，她梦到顾余川把王权打死了，要坐牢，于是惊醒了。当时顾余川就坐在她床边，她摸着黑抓到了顾余川凉凉的手，轻声喊他，她怕这只是幻觉：“顾余川……”

“嗯，我在。”顾余川握住程念的手道。

“你怎么不睡觉？”程念从床上爬起来，她看不清顾余川的表情，直接抱住他。

“我怕你醒来看不到我。”顾余川语气温柔地说着，他圈住程念瘦弱的身体，在黑暗中和她十指相扣。

“我好害怕。”顾余川说。

程念从不知道还有什么让顾余川害怕的事，她心里狠狠一颤：“顾余川，你到底喜欢我什么？”

“你问过很多次了。”顾余川哑着嗓子，“喜欢哪有那么多为什么？”

程念伸手攀住顾余川的脖子，她跪在床上，直起身才勉强和顾余川差不多高。摸索着亲到顾余川的唇，她喃喃地念着：“我喜欢你，顾余川。”

她说话时带来的轻微麻意，却让顾余川心底生出极大的震撼。

顾余川还是第一次听到程念说“喜欢”，他眼底慢慢升起笑意，一双眸子在黑暗中亮得惊人。

程念亲口承认了。

他侧了侧头，亲了亲程念的脸：“你喜欢我，我很开心。”

顾余川把程念送回家，等顾余川一走，徐紫安和程昱立即围过来。

程念轻描淡写地把发生的事说了一遍，她用短短几个字概括昨晚，可还是听得徐紫安心惊肉跳。

“你和余川……”徐紫安拉着程念的手，“昨晚余川给我们打了电话，说你在他那里，不会回来，你爸差点拿着刀去找他……”

程昱冷哼一声：“要不是他说清了情况，我还真就拎着刀去了。”

“我喜欢他。”

是时候了，是时候把这件事说出来，说完她终于松了一口气。

“什么？”徐紫安惊呼出声，只是一瞬，她又恢复了神态，“念念，顾家……”

程念知道徐紫安想说什么，她想到顾余川，就什么都不怕。顾余川能为她做那么多，她不能为顾余川做什么，只能给他回应。

只要程念愿意，徐紫安和程昱也是同意的。顾余川从小和程念一起长大，人怎么样他们心里都清楚。

只是那件事，多多少少还是让人心底不舒坦。徐紫安就是怕程念受委屈，可是程念说出昨晚的事，他们就都没意见了。

顾家是顾家，顾余川是顾余川。

顾余川还没有正式和程念告白过，他跟苏凡一说，被苏凡狠狠嘲笑了一把。

终于有东西是顾余川不会的了，苏凡想。

他列举出几项最受欢迎的表白方法，都被顾余川否定了，顾余川认为太烂俗。所以讨论了一上午，也没讨论出什么所以然来。

“真不知道深深是怎么答应你的……”顾余川鄙夷地看着苏凡，语气里满满的都是嫌弃。

苏凡：“……”他给顾余川出点子，还要遭受人身攻击?

顾余川没做过这种事情，一时间有些手忙脚乱。他安排好一切才把程念约出来。

“为什么来海边？”程念光着脚踩在细软的沙滩上，她回头，还能看到一串一串的小脚印。

海风吹着程念的裙子和头发，让她看起来美得不可方物。

顾余川没说话，她带程念换好衣服上了快艇。

“为什么要穿这个？”程念指了指自己身上蓝色的潜水服，一脸不解。

“一会儿你就知道了。”快艇停了下来，顾余川牵着程念的手，“能下去吗？”

程念不免有些害怕，心里直打退堂鼓。

“不会有事。”顾余川握紧她的手，把潜水镜给她。

“嗯。”

“我数三二一，一起跳。”顾余川捏了捏她的手心。

“嗯。”

“三、二、一。”

程念只听见身体坠入海里和海面溅起水花的声音，周围升起一串串小泡泡，蔚蓝色的海水拂着她的身体，让她有些不敢相信这是真的。

手上传来的力度不小，程念感觉到有一股力气拉着她往深处潜去。

四周有色彩斑斓的鱼经过，还有些在她和顾余川牵着的手下钻过去，他们一起穿越鱼群、穿越礁石，在蓝得醉人的海水里徜徉。

顾余川拉着她落在一片布满礁石的地方，程念微微不解地看着他，近在咫尺的面容让她心动不已。

顾余川笨拙地向她比着手势，他用了最简单的手势。

5、2、1……

1、3、1、4……

顾余川比了好几遍，怕程念没有明白，最后还傻傻地比了一颗爱心。

这是在表白吗？程念不知道顾余川是怎么想到这种方法的，她眼眶温热，慢慢地抬起手臂，比了“OK”的手势。

她实在不知道还有什么手势可以回应他。

她回答，好，更确切地说，是我愿意。

上岸后，程念趴在沙滩上问顾余川：“为什么会想到要在海里表白？”

顾余川温柔地撩开她额角的湿发，他眼睛里有如蓝色大海般的汪洋："天空、地面，都被人用过了，我不想和那些人一样。"

为什么突然想起要表白?

不，这是他很久很久以前就有的想法。他历经了艰难险阻，才终于抓住了他爱的姑娘。

这一生，可以没有功名利禄，但不能没有程念。

番外一

七夕情人节

秦深深今天休息，不用上班，她睡眼惺忪地摸到手机打开微信。马上就是七夕，别的小情侣都已经有在朋友圈秀恩爱的迹象了，她“啧啧”几下，心里满是愤恨。

果然嫉妒使人丑陋。

昨晚发给苏凡的消息他还没回，秦深深叹了口气，把打出来的“早安”两个字又删掉，最后将手机丢到床尾。

她从床上爬起来，迷迷糊糊地打开冰箱，里面什么也没有。她这才想起来，最后一桶康师傅泡面昨晚被她吃掉了。

套了一件米色的防晒衫往外走，下了楼才发现自己好像没带钱，于是中途又折回来拿钱。这一折腾，秦深深更烦躁了。她随便买了点吃的，又窝回房间，一边刷漫画一边观察苏凡有没有发信息。这么想着，苏凡的信息果然进来了。

——抱歉，深深，这几天特别忙，所以总是来不及回复你。

秦深深心里忍不住把苏凡吐槽了一万遍，但打出来的字却和她的想法截然相反。

——没事啊，医生嘛，我理解的。

理解个屁！她恨不得把苏凡绑在身边，但是她也就想想而已，真要是绑起来，她可没那个胆儿。苏凡可是人家的主刀医生，那是每天都要拿刀子在别人身上割来割去的人，她可不敢因为想他就耽误了别人。她甚至连电话都不敢打，怕影响了苏凡。

这年头像她这样善解人意的女朋友该去哪里找？秦深深狠狠地咬了一口脆嫩的红苹果，嚼完又把苹果皮吐出来，精准地丢进垃圾桶。

明明她住的地方离苏凡的医院也不算太远，她却生生地谈出了一种异地恋的感觉。秦深深觉得自己没救了，她滑拉着屏幕，追完了画师更新的一整章节的新漫画，微信窗口才慢悠悠地跳出来。

——后天是七夕，我们一起去吃饭吧？

终于聊到了点子上。

秦深深长叹一声，她本来想主动提的，但她再怎么 Man 也改变不了自己是个女人的事实，所以，思索之下，她决定这种事还是得矜持一点。

——好，去哪儿?

苏凡这次回得很快，像是怕秦深深等久了。

——城南新开了一家西餐厅，就去那儿吧。

秦深深回了个“好”，那边又没声了。似乎是经历多了这种聊着聊着对方突然消失的事情，她现在很冷静，真的。

她晃进厨房，捯饬出一碗飘香的面条，“刺溜”几下，把肚子填饱，开始无聊地追剧。

七夕当天，秦深深把自己好好收拾一番，换上了新买的连衣裙，整个人光鲜又亮丽。她对着镜子涂了一圈蜜桃色的口红，才换上高跟鞋出门。

约的时间是晚上七点，现在出门已经很凉快了。秦深深坐在餐厅里，不时瞅着时间，还差几分钟。

手机突然响了一声，秦深深点开，这才注意到连屏保都已经自动换成了鹊桥相会，她笑了笑，没有犹豫地打开微信。

——深深，对不起，医院临时有事，我在回医院的路上。

——你别等我了，先回家吧，我明天一定补偿你。

——你别生气。

秦深深手指顿住，嘴角的笑意就那么凝固在了脸上，一股怒气从脚底升至脑门。

怎么可能不生气！

她戳屏幕的力度重了些，把手机当成了苏凡。她起身动作太大，惊得其他桌的小情侣纷纷投过来不解的目光。

秦深深看得一阵愤懑，她踩着高跟鞋出门，一生气还崴了脚，尽管不严重。

“人倒霉喝凉水都塞牙。”秦深深一瘸一拐地去搭车，大概她的运气是真的特别不好，等了将近半小时也没等到车。

秦深深有点想哭。

她站在陌生的城南街头，看着别人兴奋地轧马路，自己却连回家的车也打不到。

秦深深给程念打了个电话，程念大概在外面，车流的声音透过电话从城市的另一端传来。

程念“喂”了好几下，秦深深似乎听到了她哥的声音。

也是，今天是七夕，他们也要约会。秦深深把电话挂断，不去打扰他们了。

而程念刚收到一捧红玫瑰，她抱着花站在莹莹的路灯下，笑得眉眼弯弯，那一双布满了星辰的眼睛璀璨有神。

顾余川抱着她，在她颊边轻轻落下一吻，他满足地感叹：“这一次，终于亲手送给你了，我已经等了太久太久了。”

程念似乎想到了什么，眼睛里盛满了惊讶：“以前我收到两束花，有一束是你送的对不对？”

顾余川温柔地笑着说：“对。”他黝黑的眼睛里有个小小的身影在跳动，终于还是忍不住在轻柔的夜风中吻住她。

“我还做过很多事，因为你，我等你慢慢发现。”一吻毕，顾余川餍足地抚了抚嘴角，像是在回味着。这样色情的动作，顾余川做起来却毫无违和感。

程念在这一刻满脸绯红。

秦深深换了个地方等了不知道多久，大概是老天也看不下去了，打算怜悯她，所以在这个时候开过来一辆计程车。她坐上去，下意识就把车牌号发给了苏凡。等反应过来，她先是一惊，然后连忙又撤回。

她现在在生气！

那边依旧没什么反应，尽管她心思已经千回百转。她突然就想，她和苏凡在一起，到底图什么？

“分手”两个字看似简单，可是她在脑海里模拟了一遍那个场景，突然就难受得说不出话来。肺部的空气像是硬生生被人挤了出来，让她几近窒息。

“姑娘？”司机回头看她，“去哪儿？”

“去长海医院吧。”被吃得死死的了，秦深深自暴自弃地想。

路上有些堵，秦深深侧头看到沐浴在夜色中的城市，街道上牛郎织女的海报随处可见。她觉得刺眼，微微闭了闭眼睛，可她又看到了司机师傅放在后座的一大捧玫瑰花。

“哎……我家那位，喜欢浪漫，老夫老妻这么多年了，还对这种年轻人的把戏感兴趣。”司机见秦深深盯着玫瑰出神，跟她解释。

秦深深似是想通了什么，她盯着路边一家花店道：“师傅你停一停，我再去买束花。”

苏凡喜欢什么花秦深深不知道，但她记得苏凡朋友圈的背景是一束清雅的百合，她要了一大束，扎起来格外漂亮。

秦深深到了长海医院，直接往苏凡办公室里走。

几个小护士见过秦深深，于是抿着嘴偷笑，笑完了，又拉着秦深深说话：“苏医生还在手术室，之前出了一趟门，不过后来又回来了，现在已经连续做两台手术了。”

秦深深点了点头，不就是等吗？她都已经决定来这里，还会害怕等他个几小时?

又一床病人在走廊上被推进去，外面动静闹得很大，秦深深拉开门看了一会儿，才将事情了解清楚。

那女生在今天被分手了，寻死觅活地从五楼跳下去，命大没死成。

分手太可怕了，秦深深忍不住想。

与此同时，苏凡也不轻松。

他注意力高度集中，在病人的身体上划开一道口子。几台手术下来，他脑门上已经密密麻麻地渗出了汗珠。

结束这台手术，他摘掉手套，立即掏出手机看了一眼时间。这一天已经接近了尾声，还有半个钟头就要跨到新的一天。

他心底涌上浓浓的无力感，连忙打开微信，秦深深在两个小时前给他发了消息但又撤回了，他失神地盯着那条撤回的提示看了又看。

秦深深一定对他失望透顶，他突然觉得心里一下一下像是被人鞭挞般疼。

苏凡疲惫地走进办公室，他看到外面经过的护士捂着嘴笑，但他怎么也笑不出来。

苏凡最先看到的是一个高挑的背影，他有点怀疑是不是自己眼花，不然他怎么好像看到了秦深深呢?

秦深深听到动静，把手里的书放下转了个身，看到苏凡呆呆地站在原地，四周还若有似无地萦绕着一丝血腥气。

“七夕快乐。”秦深深抱着那束白百合，双手往前递，微微笑了起来。

苏凡讷讷地接过花，他听见秦深深还在说话：“本来该你做的，既然你忙，送花这件事就让我来吧。”

“对不起……”苏凡抱着花，有些哽咽。

“我还没消气，快来哄哄我。”秦深深张开手臂，满脸委屈。

苏凡立即把花放下，拥住秦深深。他手臂用力，想要把她嵌进自己的身体里：“是我不好。”

苏凡不知道念了这四个字多久，他紧紧抱着秦深深，怕一松手秦深深就不见了，直到秦深深轻轻地推他：“快要透不过气了。”

“我说你这兔崽子！又偷懒！又偷懒！”苏林元抄起鸡毛掸子进来，立即被这里的景象吓了一跳。

苏凡还搂着秦深深，他微微侧过身，面容上带着点无奈：“爸！”

“这是……”苏林元走进，看了看百合花，又看了看秦深深，脸上终于露出点儿笑意，“这是儿媳妇吧？苏凡你小子能耐了，居然能找到女朋友！”

苏凡：“……”

“这花是人家小姑娘送的吧？你说你怎么那么浑呢！还让人家姑娘送花！”苏林元痛心疾首地指着苏凡，他实在理解不了秦深深，为了不让秦深深稀里糊涂地和苏凡在一起，于是拉过秦深深开始给她洗脑。

所以……苏凡其实不是您亲儿子吧？

苏凡满脸冷漠，把秦深深拉过来：“爸，今晚我还要不要加班你看着办。”

“去去去，去约会！”苏林元挥一挥手，再有情况的话，决定自己披甲上阵。

他盯着外面皎洁的月亮，不免叹息。

今晚月色真美啊，像你一样。

苏凡的娘，七夕快乐。

番外二

季晨曦

季晨曦当初放弃出国的名额原因其实很简单，她只是看不过程念，想破坏程念盘算好的计划。她知道顾余白的事情完全是意外，她就是看不过程念心里想着另一个人的同时，还拥有着顾余川的喜欢。

可她也很用心地对待过程念，现在程念和顾余川在一起了，就算是扯平了。

午后的阳光洒在咖啡馆靠窗的桌面，准确地说，是洒在了季晨曦坐的那方桌子上。手背被光照着，看起来白得不真实。

她在等一个人，一个和她相亲的人。但是这场相亲还没开始，男方就已经迟到了。这让季晨曦很不满意，她拎着包打算走，转身抵上一个宽阔温热的胸膛。

鼻尖萦绕着这个男人身上淡淡的烟草味道，季晨曦皱了下眉，后退了几步。她抬起头，望进那个男人深邃的眸里。

男人的表情……哦不，应该说男人根本没有表情，他把公文包放在桌子上：“季小姐，你这是要去哪儿？”

季晨曦原本对于迟到的男人就有些不满，她还没质问反倒被这个男人质问了，于是面色更加不善：“沈先生，你已经迟到了十多分钟。”

沈渝抿了抿唇，把季晨曦摁着座位上：“那我道歉。”

这样的发展是季晨曦没想到的，对方已经道了歉，她也不好执意离开，只能僵着坐在座位上。咖啡已经凉了，比之前还要苦一点。

沈渝，潼南大学高才生，也就是她现在所在的大学，二十三岁创办了自己的公司，毕业后去了加拿大，近期才回来。

这是季晨曦掌握的仅有的信息。

“要吃什么？”沈渝手指叩在桌面，唤回了她神游在外的意识。

“沈先生，没必要吧，既然都是因为家人安排才出来相亲的，那么见一面这件事就算过去了。”季晨曦把菜单又推回给他，她的手机适时地进来一通电话，“妈。”

季晨曦敷衍地应了两句，听到后面，她的表情变得微妙起来，她不时地瞥了瞥沈渝，违心道：“我们聊得很好，那就先挂了。”

“原来季小姐，说谎也可以面不改色。”沈渝抿了一口咖啡，似笑非笑地睨了季晨曦一眼。

季晨曦懒得理他，抓着手包往外走。出了咖啡厅，季晨曦惊讶地发现沈渝跟在她身后。她停住，沈渝便也停住了。

“你到底要干什么？”季晨曦看不懂这个表情冷凝的男人，她干脆双手环胸靠在唯一能遮蔽太阳的树下。

头顶上的蝉鸣声声不绝，明晃晃的日光穿过树叶落在地上，季晨曦很快表情就绷不住了，她用手给自己扇了扇风，等着沈渝说话。

沈渝估计比她还要热，毕竟她穿着小短裙，而沈渝却穿着黑西装。

“这里热，去我车上吧。”沈渝眸中闪过一丝心疼，他去拉季晨曦的手，但是被无情地甩开了。

他有一瞬间想发怒，手指紧紧地扣在一起，但是忍住了：“在这里也是说，去车上也是说，车上会舒服一点。”

季晨曦想了想，还是没拒绝，毕竟这天太热了。

车里开着空调，比外面舒服好几倍。季晨曦盯着倒退的景物，确认了这条路她是熟悉的，这才放下心。

“说吧，你到底要干什么？”季晨曦想起正事，一秒都不想耽搁。

“你这么不想跟我待在一起？”沈渝又有发怒的迹象，他握着方向盘的手力度明显更大了。

“沈先生，我们今天才认识，充其量就是个陌生人，你何必呢？”季晨曦想摊手，但又觉得那样不太礼貌，生生忍住了。

“陌生人？”沈渝咀嚼着这两个字眼，他喃喃着，“你只当我是陌生人？”

难不成还是亲人？

季晨曦确定自己的记忆里没有一个叫沈渝的人，还是个这么优秀的男人。但是她总觉得沈渝说话时给她一种，他们认识很久的错觉。

沈渝有那么一秒钟的晃神，然后就听到季晨曦一道惊呼。他猛然回神，一辆车几乎是擦着他的车开过去的。

季晨曦吓了一跳，面色苍白地喘着气。

“对不起……你没事吧？”沈渝呼吸一滞，他急忙把车停在旁边，他伸手想去揽她，可是她很抗拒。

说起来沈渝和季晨曦并不是陌生人，只是这么多年过去，季晨曦已经将他忘了个彻底，她却占据了他一整个青春。

那时候沈渝才上小学二年级，季晨曦低他一个年级，原本八竿子都打不着的两个人，因为一次会演凑在了一起。

沈渝成为了季晨曦的舞伴。那时候起，沈渝就开始注意季晨曦。

沈渝性格不好，很容易发怒，尤其是遇到让他不顺心的事，怒火通常烧得很旺，所以身边很少有朋友。可季晨曦那时候脾气更不好，他跳舞总是出错，自己没来得及发脾气，季晨曦先炸了，嚷嚷着要换舞伴，把沈渝气得不行。他从那一次起，再也没有对着季晨曦发过火，因为季晨曦总是以暴制暴，让他一点办法也没有。

后来沈渝转学了，也时常跑去看季晨曦，但是季晨曦一点也不知道，好像过了那次会演就不认识他一样。

季晨曦也确实没记住那个倒霉舞伴，之后的表演，她身边就有了别的舞伴。

面对季晨曦的时候压制脾气，这已经是那时候就养成的习惯了。尽管这么多年沈渝没见过季晨曦，但是习惯怎么也改不了。

季晨曦回家后偶然翻出来一本泛黄的相册，封皮已经积满了灰尘，照片都开始掉色了，她直接把那一本相册丢进了垃圾桶。

“丢了做什么？”她妈妈又把相册捡回来，坐在沙发上开始翻看，“一眨眼，你都这么大了。”

季晨曦受蛊惑般也坐了过去，跟她妈妈一起看。她视线落在一张大合照上，那里面的人都穿着蛋糕一样华丽的表演服。

她一眼就看到自己，也注意到身边那个面容俊秀的男孩。她鬼使神差地想到了沈渝。这个男孩，她之前都没怎么注意，但那时候他们一起跳舞的时候，她总是气急败坏地指责他：“沈渝！你又跳错了！”

记忆中的男孩和最近出现的脸重叠起来，吓了她一跳。

怪不得沈渝一见面会说那样的话，但是十几年前的事，她都要记不清了，沈渝居然还能记住她？

“晨曦，相亲相得怎么样了？那孩子妈见过，挺不错的。”她妈妈等了一会儿，见没人回答，顺势推了推她的手臂。

“啊……”季晨曦刚想实话实说，一个陌生号码猝不及地打进来。她疑惑地接起，那边的声音无比撩人：“晨曦。”

她妈妈瞥了面色怪异的她一眼，问道：“谁呀？”

“诈骗的。”季晨曦连忙往外走。

“诈骗？”沈渝又想发火了，他手里的香烟被捏得变了形。

“沈先生，你究竟想怎样？”季晨曦深吸一口气，站在阳台上来回踱步。

“你出来。”沈渝把烟丢进脚边的垃圾桶，又重新点燃一根。

季晨曦还是开了门走出去，一眼就看到了那辆银色的跑车。她走过去，敲了敲车窗，车窗慢慢被放下，露出沈渝俊美的脸。一股烟味扑面而来，她狠狠皱眉，后退了一大步。

沈渝顿了顿，把刚点的烟掐灭，看向她道：“没有了。”

季晨曦自从知道沈渝是谁后，发脾气的次数明显变多了。但是沈渝很能忍，只要她一发脾气，沈渝就不说话了，两人根本吵不起来。

沈渝带她去自己的公司，她去泡杯茶的时间，回来就看到沈渝把一个实习生骂得眼眶泛红。她啜了口茶，清润的味道直达心底。

“人家一朵娇花，你也舍得开口骂。”季晨曦不是很愿意来这里，但是沈渝每天都去她家接，她妈妈二话不说就把她推了出去。知道妈妈的态度后，季晨曦就乖了，所以每天都待在沈渝身边。

季晨曦明明看到了沈渝手握成拳状，复又松开，她不知怎么竟有些愉悦。

“你到底让我来这里干什么？”她不用工作，每天只能盯着电脑玩游戏，简直不能更悠闲。

“这里，以后都是你的。”沈渝捞过季晨曦手上的茶抿了一口，认真道。

季晨曦的视线落在沈渝紧抿的唇瓣上。那杯水是她喝过的，他们这样，算是间接接吻？季晨曦想着，脸有些烫。

沈渝也发现了，他突然发出一声轻笑：“你在想什么？”

那笑声很是悦耳，他呼出的热气总是萦绕在季晨曦耳际，让她整个人都酥了起来。

“晨曦。”沈渝把下巴搁在季晨曦肩膀上，那一侧突然多出来的重量让季晨曦有些走神，直到沈渝得寸进尺地开始轻轻啃咬她的耳垂。

“沈渝！”季晨曦脸色涨得通红。

“晨曦，跟我在一起。”沈渝从身后环住她的腰，将脑袋埋在她颈间，呼吸热热地洒在她白玉般的脖子上，“跟我在一起，不用担心我会对你不好。”

“沈渝的脾气，唯独对季晨曦能忍。”

小花阅读

【暖暖爱】系列

FLORET

READING

《时光好又暖》

闻人可轻 著

传统静慢京剧名伶遇上活力四射热血美少女

被追被护被偷吻，终于奉献出人生中第一次恋爱！

“若不曾有人宠过你，那以后我便宠你。”

《他曾暖过一季春风》

子非鱼 著

三个人的世界，我总是你们的影子

可就算如此，我也会披星戴月地去靠近你。

“我这一生，可以没有功名利禄，但不能没有你。”

《彩虹般的人》

晏生 著

活了五百多年的文物修复大师碰上能食记忆的青春少女

他以为她是江湖骗子，却从此有了羁绊和牵挂。

“等你老了，我也不会变。我没有办法陪你一起白头到老，容容。”

图书在版编目（CIP）数据

他曾暖过一季春风 / 子非鱼著. — 南昌 ：百花洲文艺出版社，2017.12

ISBN 978-7-5500-2568-4

Ⅰ. ①他… Ⅱ. ①子… Ⅲ. ①长篇小说—中国—当代 Ⅳ. ①I247.5

中国版本图书馆CIP数据核字(2017)第302859号

出 版 者　百花洲文艺出版社
社　　址　江西省南昌市红谷滩世贸路898号博能中心A座20楼　邮编：330038
电　　话　0791-86895108（发行热线）　0791-86894790（编辑热线）
网　　址　http://www.bhzwy.com
E-mail　bhzwy0791@163.com

书　　名　他曾暖过一季春风
作　　者　子非鱼
出 版 人　姚雪雪
责任编辑　王俊琴　李　瑶
特约编辑　欧雅婷
封面设计　刘　艳
内页设计　米　籽
封面绘制　如　月
经　　销　全国新华书店
印　　刷　长沙鸿发印务实业有限公司（长沙黄花工业园三号　邮编410137）
开　　本　880mm×1230mm　1/32
印　　张　9.125
字　　数　164千字
版　　次　2018年3月第1版
印　　次　2018年3月第1次印刷
书　　号　ISBN 978-7-5500-2568-4
定　　价　32.80元

赣版权登字：05-2017-505